Mit der Feder des Vogels Simurgh

MIT DER FEDER DES VOGELS SIMURGH

Sagen aus dem alten Orient
erzählt von Dan Lindholm
Mit Zeichnungen
von Walther Roggenkamp

Verlag Freies Geistesleben

CIP-Kurztitelaufnahme der Deutschen Bibliothek

Lindholm, Dan: Mit der Feder des Vogels Simurgh · Sagen aus dem alten Orient, Dan Lindholm. Mit Zeichnungen von Walther Roggenkamp. – Stuttgart, Verlag Freies Geistesleben, 1987

ISBN 3-7725-0901-0

Einband: Walther Roggenkamp

Satz und Druck: Greiserdruck, Rastatt

INHALT

VORWORT

Im alten Iran gab es die Mär von einem Wundervogel Simurgh. Der hatte unzählige Menschenalter überlebt und wußte aus Weltvergangenheit viel zu berichten. Denn sein Gedächtnis war schier unerschöpflich. Mit einer Feder dieses Vogels wurden die ältesten Sagen Irans aufgezeichnet. Zwar ging mit der Zeit einiges verloren. Doch erhalten blieb all das, was auf spätere Dichter, vor allem *Firdausi,* überkommen ist.

Dieser Firdausi – das heißt übersetzt der Paradiesische – lebte rund tausend Jahre nach Christus in einer Zeit, da die Araber und mit ihnen der Islam den Iran erobert hatten. Er kannte aber die aus ergrauter Vorzeit stammenden Sagen, die im Volk noch viel erzählt wurden. Aus diesen schuf er sein gewaltiges Werk, wahrscheinlich das umfangreichste Epos, das je entstand. Er rühmte sich, daß nichts Erlogenes und keine selbstersonnenen Märchen darin zu finden seien. Firdausi wollte die wahre Geschichte seines Volkes in poetischer Form darstellen.

Das ganze Werk von Firdausi ist kaum zu bewältigen. Mehrfach wurden aber große Teile davon in fast alle Kultursprachen übertragen, ins Deutsche vor allem von J. Görres. Den Sagen aus dem «Königsbuch» Firdausis, die hier frei nacherzählt folgen, legte ich in der Hauptsache seine klassische Übersetzung zugrunde.

Als Quelle für die Zarathustra-Legende kam vor allem in Betracht das durch F. Rosenberg herausgegebene altarabische Manuskript «Le livre de Zoroastre» (St. Petersburg 1904). Bei der Bearbeitung dieses Materials war mir Frau Inge Thöns, Stuttgart, sehr behilflich, wofür ich hier meinen besten Dank zum Ausdruck bringe.

Für «Gilgamesch» bildete die Übersetzung von Albert Schott die wichtigste Grundlage. «Isis und Osiris» ist in den Hauptzügen dem Bericht Plutarchs entnommen.

D. L.

DIE SAGE VON KAJUMARS

Nicht ist die Welt sich immer gleichgeblieben. Anders denn heute waren der Tage Anfang, als Kajumars von unbekannten Höhen herabstieg und seinen Fuß auf die Berge setzte. Er, so spricht ergraute Sage, war der erste, der sich königlich umgürtete und eine Krone auf das Haupt setzte. Verjüngt und mit Glanz erfüllt wurde dadurch die Erde. Sein Volk war in Leopardenfelle gekleidet, denn noch wußte niemand die Kunst, von Schafen die Wolle zu scheren und Stoffe daraus zu weben.

Friede und Freude herrschte allenthalben. Nicht nur Menschen, auch die Tiere des Feldes und die Vögel des Waldes gehorchten Kajumars' Stimme. Jeden Abend kamen sie vor ihn und huldigten ihm als ihrem Gebieter.

Dreißig Jahre hatte er das Zepter in der Hand und wußte von keinem Feind. Er hatte einen Sohn, schön und weise wie er selbst, Siamak wurde er genannt. Da geschah es, daß der unreine Ahriman sich aus der Finsternis erhob. Auch er hatte auf Erden einen Sohn. Diesem dunkelte der Tag ob der Herrlichkeit Siamaks und dem Glanz, der von dem Thron Kajumars ausging. Mit Hilfe seines Vaters, des Herrn der Finsternis, sammelte er ein großes Heer ihm gleichgesinnter Divs, um Kajumars den Thron zu entreißen.

Heimlich tat er es, Kajumars wußte nichts von der drohenden Macht des Bösen, dachte nicht, daß außer ihm jemand auf der Welt sich als König wähne. Die Gefahr voraussehend, erschien ein strahlender Engel und warnte Siamak, den Sohn Kajumars': Ein Feind naht voll bösen Willens und bedroht das Reich deines Vaters! – Der Königssohn zögerte nicht, sondern kleidete sich sogleich in ein schützendes Tigerfell. Mit einer mächtigen Keule bewaffnet zog er an der Spitze seines Heeres dem Feind entgegen. Doch Ahrimans Scharen, die gräßlichen Divs, wurden ihm zu zahlreich. Schwer verwundet verlor er nach heldenhaftem Kampf das Leben.

Als Kajumars vom Tode seines Sohnes erfuhr, dünkte ihn die Welt völlig verdunkelt. Er stieg vom Throne herunter und weinte bitterlich, und mit ihm die Krieger des zurückgekehrten Heeres. Rot wurden die Wangen, denn alle vergossen blutige Tränen. Auch wilde Tiere kamen in Scharen und trauerten mit dem König.

Ein Jahr verging also in Leid. Da erschien dem König ein Lichtgesandter und sprach: Sei ein Mann und traure nicht länger! Rüste ein neues Heer und reinige das Angesicht der Erde von diesen Divs. Verwandle sie in Staub und sättige durch Rache dein Herz! Der König wandte die Augen dankend gen Himmel und rief göttliche Hilfe herbei. Weder Ruhe noch Speise noch Trank gönnte er sich, ohne Verzug eilte er zur Tat.

Jedoch seine Kraft war im Schwinden. Darum schickte er nach seinem Enkel, Siamaks Sohn Huschang, einem Jüngling beherzt und schön, wie sein Vater es gewesen. Die Hoffnung auf diesen Huschang hatte der Großvater lange im Busen getragen. Nun öffnete er ihm sein Herz und vertraute ihm seinen Willen. – «Ich will ein Heer zusammenrufen, will Schlachtgeschrei erschallen lassen», sagte er. «Doch ich bin zu alt, um voranzugehen. Du sollst Führer des Heeres sein. Du bist der neue Gebieter!» – Nicht zweimal brauchte der König seinem Enkel dies zu sagen. Huschang brachte ein Heer zusammen, nicht nur von Männern, sondern auch von starken Geistern und furchtlosen Tieren: Löwen und Leoparden, Tigern, Bären und Wölfen, ja sogar Vögeln. Diesen allen schritt Huschang voran, Kajumars befehligte die Nachhut. Der Anblick dieses Heeres versetzte den Sohn Ahrimans und seine Divs in eine solche Angst und Verwirrung, daß sie den Staub der Erde in dichten Wolken aufwirbelten. Das half ihnen nicht. Einem Löwen gleich warf sich Huschang auf den Feind, schlug dem Anführer den häßlichen Kopf ab und trat den Leib unter seine Füße. Als die Divs das schmähliche Ende ihres Anführers sahen, flüchteten sie in die Unterwelt hinab.

Kajumars blieb keine lange Zeit, sich des Sieges zu erfreuen. Seine Erdentage waren gezählt. Er stieg zu jenen Höhen hinauf, von denen er einst herabgestiegen war. Die Welt gehörte seinem Erben.

DIE SAGE VON HUSCHANG

Als die Jahre, die der Himmel Kajumars verliehen, zu Ende gingen, setzte sich Huschang die Krone aufs Haupt, umgürtete seine Mitte und bestieg den Thron. Sein Kopf war voll Verstand und Güte, Gerechtigkeit erfüllte sein Herz. Er sprach: «Halter und Gebieter der Erde bin ich infolge göttlicher Bestimmung. Samen ausstreuen will ich, gute Samen, und die Menschen säen und ernten lehren, damit auf der Erde fortan gut angebaut werde!»

Von diesem Bestreben waren seine Tage erfüllt. Nun geschah es, als Huschang mit seinem Gefolge einmal in die Berge wanderte, da kam von ferne eine lange schwarze Gestalt dem König entgegen. Sie bewegte sich heftig, war grausig anzuschauen. Die Augen des Ungetüms glichen zwei Blutpfuhlen, aus seinem Maul quoll ein Dampf, der den Tag verdunkelte. Mit Vorsicht näherte sich der weise Huschang dem unheimlichen Tier, nahm einen großen Stein, holte weit aus und warf ihn mit ganzer Kraft nach dem Ungeheuer. Dieses entkam, der Stein aber schlug gegen einen Felsen, so daß beide, Stein und Fels, in Stücke sprangen. Dabei sprühten Feuerfunken aus des Steines Herz! Eine große Lohe entstand, und Licht verbreitete sich in der Dunkelheit. Das Geheimnis des Feuererzeugens war gefunden.

Der König kniete nieder und dankte der Gottheit, daß ihm dieses Wunder vergönnt ward. Dann sprach er: «Dieser Glanz ist heilig, ein Göttliches wohnt ihm inne. Er soll darum als göttlich verehrt werden!» Der König und sein Gefolge bildeten einen Kreis um die Lohe und beteten das Feuer an. Es kam die Nacht, das Feuer spendete Licht und Wärme.

Also entstand im alten Iran der Brauch, zu gewissen Zeiten ein Feuerfest zu begehen, Sadeh genannt. Bei diesem Fest wurde Huschangs Andenken gefeiert. Die Iraner erinnerten sich an ihn

Ich bitte um Zusendung Ihrer Verzeichnisse und Prospekte. Vor allem bin ich an folgenden Gebieten Ihrer Produktion interessiert:

- ☐ Anthroposophie
- ☐ Waldorfpädagogik
- ☐ Kinder- und Jugendbücher
- ☐ Geisteswissenschaften
- ☐ Kunst/Architektur
- ☐ Naturwissenschaften
- ☐ Medizin
- ☐ Heilpädagogik
- ☐ Ernährung
- ☐ Taschenbücher

Den Almanach «Lesen im anthroposophischen Buch» können Sie bestellen, indem Sie DM 10.- auf unser Postgirokonto Stuttgart 16011-707 einzahlen.

Absender:

(Name)

(Straße und Hausnummer oder Postfach)

(PLZ) (Ort)

(Land)

Senden Sie Ihre Prospekte bitte auch an:

und sprachen: Ach möge doch wieder der Erde ein Wohltäter gleich Huschang geschenkt werden!

Huschang, König der Könige, entdeckte sodann, wie Erz vom Gestein durch Feuer zu scheiden sei. Die Kunst zu schmieden erfand er. Beil, Hammer und Zange ließ er anfertigen. Himmlische Gnade und königliches Können befähigten ihn, aus der Schar der wilden Tiere Rinder, Esel und Schafe abzusondern, so daß die Menschen Haustiere bekamen. «Züchtet sie paarweise», sagte er, «dann werdet ihr großen Nutzen von ihnen haben!» Er lehrte die Menschen, Wolle von den Schafen zu scheren, zu spinnen und zu weben. «Leget das Joch auf die Ochsen und braucht sie für eure schwere Arbeit. Lasset euch durch die Esel eure langen Wege verkürzen», sagte er. Auch wies er seine Leute an, Füchse, Marder und Hermeline um ihrer weichen Balge willen zu fangen . «Also mußten die Räuber die Schwätzer wärmen.» – Huschang gab allen, was sie brauchten, und belohnte jeden nach Verdienst. Als er aus dieser Welt schied, trauerte das Volk. Die Zeit, die uns die schicksalbestimmenden Mächte gönnen, ist nicht lang. Doch der weise Huschang fügte sich ohne Klage dem Gesetz unseres Daseins. Das Volk fand in seinem trefflichen Sohn Thamuras Trost.

DIE SAGE VON THAMURAS

Thamuras bestieg den Thron, versammelte die Priester und die Kundigen um sich und sprach: «Von heute an kommen mir königliche Würden zu. Die Erde will ich vom Übel reinhalten, den Arm der bösen Divs will ich kürzen! Was nützlich ist, möchte ich an den Tag bringen. Freude soll in der Welt Fuß fassen!»

Und er säumte nicht, ans Werk zu gehen. Die wiehernden, schnellen Vierfüßler ließ er einfangen und gewöhnte sie daran, Heu und Hafer als Futter zu nehmen. Mit List lockte er die scheuen Leoparden und Schakale vom Gebirge und zähmte sie, damit sie für die Menschen jagten. Auch von den Vögeln wählte er einen Teil aus, scharfsehende Falken und weiße, hochhalsige Reiher, und begann, sie abzurichten. Er befahl seinen Leuten, gut zu den Vögeln zu sein. Süße Laute lehrte er die Menschen hervorzubringen und mit weicher Stimme zu singen. Alle Welt staunte sein Können und seine Werke an. Hühner zog er auf, daß sie Eier legten, und Hähne, denen er das Krähen in der Frühe beibrachte.

Als das getan, sprach er zum versammelten Volk: «Danket den Göttern, die uns Macht über die Tiere gaben! Lobet den Schöpfer, daß er uns die rechten Wege zeigte!»

Thamuras hatte einen weisen Ratgeber, der ihm bei seinem Wirken zur Seite stand. Scharasp war sein Name. Es heißt von diesem Scharasp: Den ganzen Tag waren seine Lippen für Speise geschlossen, die Nacht hindurch stand er aufrecht vor dem König. – Damit ist wohl gesagt, daß dieser Ratgeber nicht so recht ein irdisches Wesen war, denn ein solches muß essen und sich zum Schlaf hinlegen. Dem jungen König war er Vormund und Freund und Leiter zu allem Guten. So hielt sich Thamuras vom Bösen rein, göttlicher Glanz strahlte von ihm aus.

Eines Tages erschien Scharasp vor dem König, reichte ihm den Fangstrick und bat ihn, sein Pferd zu besteigen, damit er Ahriman, den Fürsten der Finsternis, bezwinge. Kühn schwang sich Thamuras auf den Rücken des Pferdes und ward also der erste Reiter auf der Welt. Auch verstand er, dem Schnellfüßigen einen Sattel anzulegen.

Ahriman indes versammelte die scheußlichen Divs in großen Scharen, um Thamuras Krone und Macht zu rauben. Dieser rief sein Heer zusammen, alles tüchtige, erfahrene Helden. Mit Fangstricken und schweren Keulen bewaffnet, zogen sie, Thamuras voran, dem Feinde entgegen. Da kämpften auf der einen Seite feuersprühende

Bestien neben den Divs, auf der anderen Seite die mutvollen Iraner neben ihrem König. Jedoch, wo Thamuras seine Keule schwang, konnten die Divs nichts ausrichten. So gewannen die Iraner einen großen Sieg und nahmen einen Haufen Divs gefangen. Der König ließ sie eng zusammenbinden und davonführen. Da flehten sie um ihr Leben und versprachen: «O König, wir wollen dir seltsame Geheimnisse und verborgenes Wissen sagen, so du uns Gnade erweisest!» Da begnadigte er sie, damit sie das Verborgene offenbarten. Und als sie frei waren, teilten sie dem König ihre Künste mit. Schreiben lehrten sie ihn, nicht nur die eigene Sprache, sondern eine ganze Reihe von Sprachen. Und raunten ihm zu, was seinen Sinn mit vielen wünschenswerten Dingen erhellte.

Volle dreißig Jahre wirkte der edle Thamuras auf Erden. Taten verübte er, die die Nachwelt in größtes Staunen versetzten. Sein weiser Ratgeber brachte ihn so weit, daß er frei von allen Fehlern war, die Menschen sonst die Kraft nehmen. Strahlend im Lichte der höchsten Gnade erhielt er eine solche Macht, daß er Ahriman in Bande schlug und auf ihm, als sei er ein Pferd, um die Welt ritt.

Die Erinnerungen an Kajumars, Huschang und Thamuras stammen aus urferner Vergangenheit, aus Zeiten, die wahrscheinlich vor der großen atlantischen Flut (Sintflut) anzusetzen sind. Nicht zu verwundern ist es darum, wenn manches den heute Lebenden kaum glaubwürdig dünkt. Denn das menschliche Erleben hat sich seit jener im mythischen Nebel verhüllten Zeit sehr verändert.

Mit den folgenden Sagen rücken wir dem geschichtlich Greifbaren näher, obwohl wir auch von manchem hören, das sich wohl nur scheinbar so ganz in der Welt des Handgreiflichen abspielt. Im Werdegang der Menschheit sind sinnlich Wahrgenommenes und übersinnlich Empfundenes ineinander verwoben.

DIE SAGE VON DSHEMSHID

Von Dshemshid wußte Simurgh, der kluge Vogel, zu berichten: Er sei mit seinem Volk aus dem Norden heruntergekommen, weil sein Gott es so wollte. Versprochen sei ihm, er würde im Iran die Waffe finden, mit der er den finsteren Götterfeind Ahriman bekämpfen sollte.

Eines Nachts, so wird erzählt, als er in seinem Zelte schlief, stand des Sonnengottes Ahura Mazdao Sendbote, einer der hohen Amshaspands, vor ihm. Dieser sprach: «Wenn du morgen früh bei Sonnenaufgang aufstehst, dann schaue hinaus, und du wirst die versprochene Waffe finden.» – Wie er nun vor sein Zelt trat, fand er einen Pflug. Das war die Waffe, mit der Ahriman zu bekämpfen sei. Mit dem Pflug war das Zeichen gegeben, daß die frühere, umherschweifende Lebensweise aufhören sollte. Die Iraner wurden seßhaft, mit Ackerbau und Viehzucht erwarben sie sich von nun an ihre Nahrung.

Wie seine glorreichen Vorgänger schickte sich Dshemshid an, den Thron zu besteigen. Er setzte sich die Krone aufs Haupt, band um sich den Herrschergürtel und sprach: «Durch Gottes Macht und Vorsehung bin ich Priester und König. Es gehorchen mir Vögel und Geister. Die Erde soll an Glanz zunehmen!»

Auf das Gebot des Königs wurde das Volk in vier Stände geordnet. Für den ersten Stand wählte der König die Weisen und Frommen aus. Ihnen wies er zur Wohnung einen Berg an. Daselbst sollten sie das heilige Feuer schüren. «Euer Geschäft soll das Gebet sein», sagte er. «Auch solltet ihr genau auf alle Zeichen des Himmels achten. Was Nacht für Nacht in den Sternen geschrieben steht, das sollt ihr deuten!» Und das taten sie. Jederzeit gaben sie König und Volk davon Nachricht.

Für den zweiten Stand wurden die Waffenträger ausersehen. Das waren die brüllenden Löwen der Schlachten, die wegen ihres Mutes und ihrer Kampfbegierde gefürchteten Krieger. Aus ihren Reihen wählte sich der König die Helden, die den Thron und die Ehre des Landes schützen sollten – Heerführer und Gewaltige vor den Augen des Königs.

Einen dritten, sehr löblichen Stand bildeten die Bauern, sowohl Viehhirten wie Ackerleute. Sie waren keineswegs Sklaven und brauchten weder um Brot noch um sonst etwas zu betteln. Kein mißachtendes Wort durfte ihre Ohren erreichen. Im Gegenteil, Dank und Segenswünsche sollten ihnen allenthalben zukommen.

Den vierten Stand machten die Künstler und Handwerker aus. Diesem Stand verdankt die iranische Zeit große Fortschritte. Wie ein Wunder erlebten die Menschen, daß Zinn und Kupfer sich im Feuer vereinigten. Sie schrieben es dem Können ihres Königs zu, denn «vor Dshemshid schmolz das Erz der Berge»! Die verschiedenen Metalle lernten sie zu bearbeiten. Unter den Händen tüchtiger Schmiede entstanden Werkzeuge und scharfe Waffen, Beile, Helme und Panzer. An Webstühlen lernten die Leute dieses Standes feines Zeug aus Seide und weicher Wolle herzustellen, starke Stoffe aus Flachs und Linnen. Der König ließ schöne Kleider für festliche Gelegenheiten machen, andere für den Alltag.

Immer sorgte Dshemshid dafür, daß die vier Stände sich untereinander verstanden und würdigten. Alles beschied er aufs beste, und so kannte jeder sein Maß und wußte, was Recht und Unrecht bedeutete. Den garstigen Divs befahl er, Lehm mit Wasser zu vermengen, damit es Backsteine gab. So konnten, nachdem aus gröberen Steinen Grundmauern zurechtgelegt waren, herrliche Bauten entstehen, Heiligtümer, große Hallen und wunderbare Bäder. Geeignete Leute bestellte er dazu, im Felsgeröll nach Edelsteinen zu suchen. Was sie Kostbares fanden, kam als Schmuck und Zierde im königlichen Palast zur Anwendung, oder es wurde als königliche Belohnung an Würdige verschenkt. Wohlriechende Stoffe wie Kampfer, Moschus und Rosenwasser kamen in Gebrauch und erweckten Freude bei allen, die den Palast des Königs betraten.

Sonderlich war Dshemshid um die Gesundheit des Volkes besorgt. Er ließ Heilpflanzen aller Art einsammeln und Teiche mit Blutegeln anlegen. Kundige Menschen berief er, daß sie die Ursachen von Krankheiten aufdeckten und Wege zu deren Heilung fanden. «Nie wieder hat es auf der Erde einen Erfinder wie Dshemshid gegeben», sagten später die Menschen. Wahrlich, die Erde nahm zu an Glanz!

Dies alles konnte nicht von gestern auf heute geschehen. O nein, es brauchte eine lange Zeit, viel länger als ein Menschenleben. Darum wird gesagt, daß Dshemshid dreihundert Jahre auf dem Thron saß! Da erhebt sich die Frage, ob wir unter dem Namen Dshemshid nicht nur den einen König, sondern eine Geschlechterfolge zu verstehen haben. Der große Unterschied zwischen dem Dshemshid des Anfangs und dem am Ende der Sage könnte dafür sprechen. Von dem letzteren heißt es, daß er sich in maßloser Selbstherrlichkeit zum höchsten Himmel erhob und alsdann sprach: «Außer mir kenne ich nichts mehr! Durch mich kam Verstand in die Welt! Mit meiner Schönheit habe ich die Erde geziert! Gleich mir saß nie ein König auf dem Thron, die Erde ist geworden, was ich wollte. Speise und Trank, Schlaf und Freude haben die Menschen von mir, Krankheit und Sterben flohen, wo ich hinschaute. Keinen zweiten König kennt die Erde, mir verdankt sie Leben und Sinn. So gebührt mir Anerkennung für alles, was ich getan habe. Huldigt mir als dem Schöpfer der Welt!»

Während Dshemshid so redet, verbreitete sich eine tiefe Trauer unter den Verständigen seines Volkes. Antworten konnten sie nicht. Sie wußten aber, daß eine solche Gotteslästerung nicht ungestraft bleiben könne.

Ein böser Stern war über dem Iran aufgegangen.

DIE SCHAUERLICHE GESCHICHTE VON ZOHAK

Der uralte Simurgh erinnerte sich wohl daran, wie es zuging, daß die Menschen Fleischesser wurden. Damit hatte es eine böse Bewandtnis.

Unter den Wüstenbewohnern des Westens, jenen, die auf Rosses Rücken die Lanze führen, wuchs ein Jüngling heran. Zohak war sein Name. Er schien weder sonderlich schlecht noch gut, noch mutwillig und keck. Voller Gedanken war er nie. Sein Vater, ein Fürst, herrschte nach altüberkommener Sitte. Seine Habe bestand aus Tausenden von milchendem Vieh, wolligen Schafen, schnellen Pferden und buckeligen Kamelen. Zohak, sein Erbe, führte über diesen unermeßlichen Besitz Aufsicht.

Dabei wurde ihm bisweilen die Zeit lang.

Diesem Zohak nahte sich der böse Geist Ahriman. Er hatte die Gestalt eines alten kahlköpfigen Mannes angenommen, und nach allerlei Lobhudelei begann er also zu reden: «Zohak, ich will dir Worte sagen, die niemand weiß!» – «Sage sie», antwortete Zohak. – «Erst mache mit mir insgeheim einen Bund», sagte der Kahlköpfige. Dazu war der neugierige Jüngling sofort bereit und schwur ihm Herz und Seele zu. Der Kahlköpfige hub an: «Wozu ein Vater bei einem Sohn wie du? Er ist am Rande seines Lebens, alt und gebrechlich, du aber in voller Manneskraft! Wie lange möchtest du noch im Schatten dieses Alten stehen? Nimm ihm weg den prächtigen Thron, der ja sowieso dir zufällt! Wenn du meinen Rat befolgst, sollst du der mächtigste König des Erdenrunds werden.»

Zohak aber gab zur Antwort: «Es ziemt sich nicht, daß der Sohn seine Hände mit des Vaters Blut besudele. Sage etwas anderes!»

Ahriman versetzte: «Keineswegs sollst du deine Hände mit Blut besudeln! Ich brauche nur dein Schweigen. Im übrigen schließe deine Augen zu und überlasse alles mir.» Weiter erinnerte er Zohak an ihren Bund, und so dauerte es nicht lange, bis er Zohak im Netz hatte.

Der alte Fürst besaß einen schönen Garten. Vor Sonnenaufgang ging er in ihn hinein, um fromm zu beten und zu baden, ein treuer Diener trug ihm die Fackel. Auf Befehl Ahrimans gruben nun die bösen Divs quer über dem Pfad ein tiefes Loch und bedeckten es mit Reisig. Als der alte Fürst noch im Dunkeln des Weges kam, fiel er hinein und fand auf diese Weise den Tod.

Somit gelang es dem verruchten Zohak, auf den Thron zu kommen. Da erinnerte ihn abermals Ahriman an ihren Bund und sprach: «Von nun an bin ich dein einziger Ratgeber. Und so du mich anbetest, soll deiner Macht keine Grenze gesetzt sein. Alle deine Wünsche sollen in Erfüllung gehen.»

Im Iran herrschte um diese Zeit Aufruhr und Verwirrung, denn der Letzte aus dem Geschlechte Dshemshids hatte durch seine maßlose Überheblichkeit das Volk in große Not gebracht. Diese Not verstand Zohak dank den Einflüsterungen seines tückischen Ratgebers wohl zu nützen. Der Thron Irans stand eine Zeitlang unbesetzt. Der König war geflüchtet, doch konnte sich das Volk über einen Nachfolger nicht einigen. Da rückte Zohak ins Feld. Ein Heer sammelte sich zur Verteidigung, aber schwach. Statt Entschlossenheit bemächtigte sich Ratlosigkeit der Herzen der Anführer. Am Ende fanden sie es löblicher, sich der Gewalt des furchterregenden Zohak zu unterwerfen, als für den ehrwürdigen, aber leeren Thron zu kämpfen. Eines Tages also konnte sich Zohak ohne Mühe auf dem iranischen Thron breitmachen.

Der böse Geist Ahriman trat jetzt anders in Erscheinung. Er kam in der Gestalt eines jungen Mannes, grüßte den König mit gewandten Worten, lobte alles sehr, nur die Speisen nicht, die dem König verabreicht wurden. – «Ich bin ein bewährter Koch», sagte er, «und so ich dem König genehm bin, möchte ich gern meine Kunst in der Küche dartun.» Zohak, von beträchtlicher Eßbegierde, nahm den jungen Mann in seinen Dienst und händigte ihm die Schlüssel zu seinen Vorratsräumen aus.

Vielerlei Speisen gab es dazumal nicht. Die Menschen töteten keine Tiere, um ihr Fleisch zu verzehren. Sie nährten sich von Milch und Pflanzenkost. Der neue Koch aber begann, Tiere zu schlachten, und bereitete Gerichte aus ihrem Fleisch. Das mundete dem König gar sehr. Immer fleischbegieriger wurde er. Der Koch nährte den König mit Blut, daß er grausam wie ein Raubtier wurde, doch um so williger den Ratschlägen seines Koches folgte.

Immer besser schmeckten dem König die Fleischgerichte. Täglich lobte er seinen Koch, und einmal, als er sich reichlich satt gegessen hatte, sagte er: «Bringe einen Wunsch vor, damit ich ihn erfülle!» – Der Koch antwortete: «Großer gnädiger Herrscher, mögest du immer froh sein und ewig mein Gebieter bleiben. Morgen will ich dir ein Gericht zubereiten, an dem du einen noch höheren Genuß haben sollst.» – Und wirklich, in der Nacht hatte er ein besonders verführerisches Gericht ersonnen, das er dem König auf den Tisch brachte: Gebratene Fasanen, gewürzt mit Safran, Moschus und Rosenwasser. Zohak aß mit Wonne und war ganz außer sich vor Entzücken. – «Lasse doch deinen Wunsch hören, ich bin gesonnen, dir, was du begehrst, zu gewähren!» sagte er. Der Koch Ahriman erwiderte: «O König, mein Herz gehört dir! Vergönne mir nur eines, unwürdig wie ich bin, daß meine Lippen deine erhabenen Schultern berühren dürfen.» Zohak sprach, ohne zu ahnen, was damit geschehen sollte: «Ich gestatte diesen Wunsch!» Der Koch Ahriman küßte die Schulterblätter des törichten Königs – und ward nicht mehr gesehen.

Doch Zohak wuchsen zwei schwarze Schlangen aus den Schultern. Entsetzt und verzweifelt suchte er nach Hilfe, um die Schlangen loszuwerden. Vergebens, alle Mittel versagten. Als man sie unter schrecklichen Schmerzen abschnitt, wuchsen sie wie böse Baumzweige nach. Zauberkundige Hexen und wundertätige Ärzte wurden geholt. Doch was sie auch an Künsten versuchten, es war alles umsonst.

Zuletzt kam Ahriman selber, aber diesmal in der Gestalt eines ganz besonders tüchtigen Arztes. Nach gründlicher Untersuchung sprach er sehr bedauernd: «Das, o König, ist nun einmal dein Schicksal. Die Schlangen lassen sich nicht entfernen. Mein Rat ist: Ernähre sie mit dem Gehirn junger Männer. Dann werden sie sich beruhigen und mit der Zeit vielleicht sterben.»

Von nun an, o Grauen, sollten jede Nacht zwei junge Männer geopfert werden, damit die Schlangen von ihren Gehirnen zu fressen bekamen. Da gab es aber zwei junge Iraner aus dem alten Königsgeschlecht. Diese beiden fanden sich zusammen zur Rettung der Opfer. Sie lernten, wohlschmeckende Speisen zu bereiten, und nahmen Dienst in der Küche des Königs. Es gelang ihnen, Zohak zu täuschen, indem sie Gehirne von Schafen statt von Menschen anrichteten. Und so konnten viele gerettet werden.

Zohaks Grausamkeit minderte sich nicht, seit er Schlangenflügel bekommen hatte. Besonders schlimm war, daß sein böses Vorbild sich im Volk zu spiegeln begann. Gute, altbewährte Sitten verloren immer mehr an Geltung. Die Weisen und Wohlwollenden kamen nicht zur Sprache, während das Tun und Treiben der Tückischen frech prangen durfte. Das Gute wurde verachtet, das Schlechte bewundert. Hexerei und unreine Zauberkünste verbreiteten sich.

Doch auch dem Wüten eines Zohak war das Ende vorbestimmt. Einst in der Nacht kam ihm davon schreckliche Kunde. Er schlief bei einer Dshemshidtochter, die er sich erzwungen hatte. Da sah er im Traum drei Krieger sich nahen, zwei ältere und in der Mitte einen jüngeren. Dieser war schlank gewachsen, einer Zypresse gleich, im Stehen und Gehen von königlicher Gestalt. In der Hand trug er eine Keule, mit einem Stierkopf geschmückt. Furchtbar nahte er zum Kampf mit Zohak. Die Keule hob er und schlug Zohak auf die Stirn, so daß er stürzte. Danach banden die drei ihn mit starken Stricken, legten ihm ein schweres Joch aufs Genick und schleppten ihn auf einen kahlen Berg, wo er gefesselt wurde.

Mit einem Schrei, so daß der ganze Palast davon erbebte, wachte

Zohak auf. Die rosenwangige Dshemshidtochter, die neben ihm geschlafen hatte, fragte erschrocken, was ihm wohl begegnet sei? Zohak erzählte ihr das unheimliche Traumgesicht. Da riet sie ihm, die Sternkundigen und die Traumdeuter aus allen Himmelsrichtungen zusammenzurufen, damit sie den wahren Sinn seines Traumes aufhellten. Tröstend fügte sie hinzu: «Die Welt gehorcht deinem Gebot. Du hast auf der Erde nichts zu fürchten.»

Zohak aber hatte keine Ruhe, er tat, wie sie ihm geraten. Als den Sternkundigen und Traumerklärern das Gesicht des Königs berichtet wurde, ließen sie die Köpfe hängen. Der eine sagte zum anderen: «Sprechen wir die Wahrheit, so kommt er von Sinnen.» Also saßen sie drei Tage beisammen, keiner ließ ein Wort laut werden. Da zürnte der König und sprach: «Wollt ihr lebend von hinnen, dann offenbaret die Wahrheit!» Die Wangen der Weisen wurden bleich, ihre Zungen trocken. Endlich erkühnte sich einer aus ihrer Mitte und sprach: «Sorge dich nicht zu sehr, o König. Ohne Tod wurde niemand geboren. Viele Herrscher saßen vor dir auf dem Thron, zuletzt ereilte alle das Schicksal. Ein neuer Stern ist im Aufgang, sein Name wird Feridun sein. Er trägt die Keule mit dem Stierkopf. Durch die Gewalt der Waffen gründet er das neue Reich. Dich wird er gebunden aus dem Palast auf den kahlen Berg schleppen.»

Bei dieser Rede vergingen Zohak die Sinne, er fiel vom Thron. Eilig entfernte sich der kühne Sprecher, damit Zohaks Wut ihn nicht vertilge.

DIE SAGE VON FERIDUNS GEBURT UND ZOHAKS STURZ

Als Zohak wieder zu Sinnen kam, begann er sogleich, nach Feridun zu forschen. Er konnte ihn aber nirgends finden, denn seine Seele weilte noch im paradiesischen Sein. Doch nicht lange, dann wurde er von seiner Mutter Ferank geboren. Mit ihm sollte der Erde ein König des Rechten und Guten kommen. Fernab dem Getriebe der Welt, in einem wunderbaren Vogelhain, verlebte das Knäblein die ersten drei Jahre. Seine Amme war die heilige Kuh Purmajeh. Ihresgleichen ist wohl nie wieder in der Welt gesehen worden.

Zohak aber hörte nicht auf, nach dem Kinde zu suchen. Durch eine List gelang es seinen Häschern, Feriduns Vater ins Netz zu bekommen. In Fesseln geschlagen, wurde er Zohak vorgeführt. Mittels glühenden Eisens sollte er gezwungen werden, den Ort seines Sprößlings zu verraten. Er schwieg. Dafür wurde er von dem nichtswürdigen Herrscher getötet.

Ferank blutete das Herz, als sie davon hörte. Dann sprach sie: «Unsichtbar muß mein Kind dem König werden. Ich will meine Füße aus diesem Land lenken. Nach Hinduland will ich ziehen und das Kind auf einen Berg bringen, da, wo der fromme Einsiedler wohnt. Er wird dem Knaben eine Bleibe geben, seine Tugenden fördern, alles Böse von ihm fernhalten.»

Auf dem Rücken eines schnellen Reitkamels begaben sich Mutter und Kind ins ferne Land. Sie fanden den Einsiedler, Ferank begrüßte ihn ehrerbietig: «Du Reiner, Guter! Nicht frohen Herzens komme ich aus dem Iran, damit dieses vaterlose Kind bei dir Schutz finde. Du kennst seinen Stamm. Göttliche Vorsehung hat es für den Thron des Iran bestimmt. Doch erst wird die Zeit des bösen Zohak ablaufen müssen. Bis dahin sei du sein väterlicher Erzieher.»

In der Hut dieses frommen und weisen Mannes wuchs Feridun heran, bis er zwei mal acht Jahre war. Da segnete ihn sein Erzieher, wonach Feridun hinab in die Ebene stieg. Er trat vor seine Mutter hin und sprach: «Eröffne mir das Geheimnis: Wer ist mein Vater, wessen Ursprung bin ich?» Ferank antwortete: «Wisse, im Iran lebte Abtin, freudig und ohne Fehl, ein Sproß Dshemshids, des edlen Stammvaters auf dem Thron Irans, der Sonne gleich. Dir war er Vater, mir Gemahl, nur bei ihm war mir das Leben hell.» – Darauf erzählte sie ihm genau, wie alles zugegangen und sein Vater von Zohak gemartert und getötet worden war. «Ein Zauberer hat Zohak zwei Schlangen auf die Schultern gesetzt. Davon ist ihm Verderben gekommen», beendete sie ihre Rede.

Feridun wurde von den Worten seiner Mutter bewegt. «Zum Schwert will ich greifen, Zohak den Kopf abzuschlagen! Die Welt von diesem Ungetüm zu reinigen!» Seine Mutter aber erwiderte: «Gedulde dich! Erst mußt du Freunde gewinnen und Fuß auf der Erde fassen. Noch gehört alles Zohak. Und wisse: Mit dem Schwert läßt er sich nicht besiegen. Ein Keulenschlag wird ihn zu Boden strecken.»

Indes hatte sich Zohak durch Unbill und Grausamkeit Feinde genug verschafft. Doch niemand wagte, an Aufruhr zu denken, geschweige, davon zu reden, denn es fehlte ein Anführer. Es gab aber unter denen, die viel vom Bösen des Königs erfahren hatten, einen unerschrockenen Mann, einen Schmied namens Kaweh. Ihm war geheime Kunde von Feridun gekommen. Da säumte er nicht. Sein Schurzfell befestigte er an einer Lanze, schwang sie hoch und zog hinaus in die Gaue, wo er mit flammenden Worten das Volk gegen Zohak empörte. «Ihr iranischen Männer», rief er, «wer ist böser denn jener Drache, dem der Teufel zwei Schlangen auf die Schultern setzte? Wie lange noch wollt ihr einem solchen Gebieter fronen? Wißt ihr nicht von Feridun, dem jungen Sproß des altwürdigen Königsstamms?»

Der Widerhall ließ nicht lange auf sich warten. All über das Land erhob sich der Ruf: «Wir wollen nimmer den Drachenkönig Zohak,

wir wollen Feridun! Im Schatten seiner Gerechtigkeit wollen wir aufatmen.»

Ein Heer, nicht klein, häufte sich. Boten eilten nach Hindustan, Feridun zu holen. Als dieser erfuhr, daß die Welt sich gegen Zohak erhob, umgürtete er sich und trat hin vor seine Mutter. «Ich gehe zum Kampf», sprach er, «bete für mich, ansonsten sorge dich nicht um mich!» Ferank aber rannen die Tränen über die Wangen. Sie antwortete: «Reinige die Welt von diesem Wüstling, dem Mörder deines Vaters!»

Sturm und Staub nicht achtend, eilte Feridun in den Iran. In einer entlegenen Gegend hatte sich das Heer gelagert. Voll kampfbegieriger Erwartung waren die Krieger, laut schollen die Freudenrufe, als Feridun ins Heerlager ritt. Kaweh, der Schmied, trat ihm mit dem hochgeschwungenen Schurzfell entgegen und grüßte ihn als den neuen Gebieter Irans. Feridun verzierte das Schurzfell mit Gold, darauf sprach er mannhafte Worte zu den Kriegern. Er bat die Schmiede, aus den Reihen hervorzutreten. «Ich brauche eine schwere Keule», sagte er. Reichlichen Lohn versprach er ihnen für die Arbeit, wenn erst der Drache besiegt.

Die Schmiede machten sich sofort ans Werk. Und mit einer mächtigen stierköpfigen Keule bewaffnet, brach Feridun an der Spitze seines Heeres auf. Neben ihm ritt Kaweh mit dem vergoldeten Schurzfell.

Über hohe Berge mußten sie, reißende Ströme durchqueren, weitgedehnte Wüsten und tiefe Täler hinter sich lassen. Da tauchte in der Ferne die große Burg Zohaks auf, ein Haus teuflischer Freuden. Wie sie sich nahten, ging Feridun allen voran. Die Söldner Zohaks flohen, Feridun mit seiner schweren Keule schlug das große Tor ein und stürmte hinauf. Zohak hatte sich vollends in Eisen gekleidet und glaubte unverwundbar zu sein. Mit einem vergifteten Schwert wollte er sich verteidigen. Doch Feridun kam ihm zuvor. Mit einem gewaltigen Hieb schlug er ihm den Helm vom Kopf. Zohak stürzte, wurde gebunden und auf den kahlen Berg geschleppt. Also erfüllte sich sein grausiger Traum.

Mit Windes Eile verbreitete sich die Kunde von Zohaks Fall. Seine Anhänger flüchteten, Feridun bestieg den vormals so glorreichen Thron.

Doch damit war die Erde noch nicht gesäubert. Den jungen König erwartete viel Arbeit, weil böser Zauber und Abgötterei die Sitten verdorben hatten. Besonders im Norden unter den dort lebenden Turanern hatte sich das Übel festgesetzt. Das gab später für lange Zeiten die Ursache zu Kampf und Krieg.

Nur mit größter Mühe konnten die Iraner sich behaupten. Denn wie wir hören werden, hatte auch im Iran die finstere Macht Ahrimans Eingang gefunden.

ZARATHUSTRA

Überall auf der Welt ändern sich Sitten und Sein der Menschen. So auch im alten Iran. Leider nicht immer zum Guten. Schon die Söhne Feriduns hatten sich entzweit. Und der so entstandene Unfriede dauerte durch Jahrhunderte an. Die zumeist noch wild umherschweifenden Turaner bedrohten aus dem Norden immer wieder die Siedlungen der seßhaften Iraner. Diese mußten auch gegen eine sie bedrängende Natur ankämpfen, denn der Iran bestand damals wie heute zum großen Teil aus Bergketten und Hochebenen – der Sommer meist trocken und glühend warm, der Winter eisig kalt, in jeder Hinsicht schroffe Gegensätze.

So hatten die Menschen kein sanftes Leben. Hinzu kam, daß Schamanentum und Teufelsglaube die Seelen verdunkelten. Als ob des Tages helle Sonne nicht durchdrang, um ihren Gedanken eine höhere Richtung zu geben. Auf diese Weise waren Jahrhunderte dahingegangen. Auf Erden schien Ahriman immer mehr seine Macht zu befestigen.

Zum Himmel aber stieg die flehende Stimme der Geschöpfe. Und die im Glanz der Sonne lebende Gottheit, Ahura Mazdao (Ormudz), verhielt sich nicht taub. Sie bereitete sich vor, ihren Verkünder zu den Menschen herabzusenden. Das sollte geschehen, als die Sonne im Zeichen der Zwillinge aufging. Da wurde Dughdova, die Mutter Zarathustras, geboren und mit ihr zugleich das Lichtgewand, welches Zarathustra als Hülle umkleiden sollte. Gewoben war diese Hülle aus den feinsten Sonnen- und Sternenstrahlen und darum unsichtbar für Augen, die nur irdische Dinge sehen.

Bei der Geburt seiner Mutter war das Haus von einer wundersamen Helligkeit voll. Das aber verursachte ein böses Gemurmel unter den Nachbarn. Neidische Weiber verbreiteten ein Gerücht, daß dort im Hause eine Hexe zur Welt gekommen sei. Von bösen Geistern verführt, bedrängten die Leute Dughdovas Eltern, daß sie ihr Töchterlein auf einem Berg aussetzen sollten als Fraß für wilde Tiere.

Immer bösartiger wurde das Gerede, und zuletzt wußten die armen Eltern keinen besseren Rat, als ihr Kind in den Schutz einer mächtigen Familie namens Spitama zu geben. Dort wuchs nun Dughdova als geliebtes Pflegekind heran, gegen jede Tücke behütet. Nichts Häßliches kam ihr vor Augen, kein böses Wort drang zu ihren Ohren. Ihre Schönheit nicht weniger als ihre Tugend übertraf alles, was bis dahin irgend jemand gesehen hatte. Und als die Zeit heranrückte, wurde sie mit dem ältesten Sohn des Hauses vermählt.

Als Dughdova ihr erstes Kind, den Zarathustra, unter dem Herzen trug, hatte sie diesen Traum: Aus einem Abgrund sah sie eine schwarze Wolke mit Fittichen gleich denen eines Geiers aufsteigen. Finster wie die Nacht wurde der Tag, und Dughdova erschrak gar sehr. Denn die Wolke spie eine Menge häßlicher Tiere aus, die sie brüllend und fauchend umringten: Löwen, Tiger, Wölfe, Hyänen und Krokodile. Die grausamsten Geschöpfe aus Wüsten und Wäldern und Strömen. Alle mit scharfen Zähnen, gräßlichen Klauen und schrecklichem Gebrüll. Die größten der Bestien stürzten sich auf Dughdova, um ihr den noch ungeborenen Zarathustra aus dem Leib zu reißen. Bebend vor Angst flehte sie die Gottheit um Hilfe an. Da ertönte eine mächtige Stimme: «Du meine Mutter, fürchte dich nicht. Diese Tiere haben keine Gewalt über mich. Das Lichtkleid, das dir aus der Sonne geschenkt ward, schützt dich gegen die Klauen und Zähne der Tiere!»

Zarathustra war es, der da sprach. Und wie Dughdova seine Stimme vernahm, faßte ihr Herz Mut. Jetzt sah sie, wie eine Lichtwolke gleich einem hohen Berg sich vom Himmel herabsenkte. Die Wolke öffnete sich, und ein Jüngling im strahlenden Kleid trat hervor. In der einen Hand hielt er eine Schrift, in der anderen einen leuchtenden Zweig. Diesen schwang er und brachte damit die Tiere zum Fliehen. Die Schrift reichte er Dughdova mit den Worten: «Deine Seele sei ohne Angst, dein Geist erfülle sich mit Vertrauen. Freue dich des Sohnes, der von dir geboren werden soll. Mit ihm wird der Welt neue Hoffnung gegeben. Der mächtige Schöpfer des Guten und Wahren will ihm beistehen. Und durch seine, der Gottheit des Lichtes Kraft soll die Welt vorwärtsschreiten!»

Also waren die Worte, die Dughdovas Ohren vernahmen. Der Schlaf wich von ihren Augen, sie wachte auf, es war Tag. Doch die Worte des Jünglings blieben in ihrem Herzen.

Zur Stunde, als die Morgensonne ihr Licht über die Welt ausbreitete, wurde Zarathustra geboren. Als er den Schoß seiner Mutter verließ, lachte er hell auf, so daß das Haus von seinem Lachen licht wurde. Hoch erstaunt über dieses Wunder und über die Schönheit des neugeborenen Knaben ersah der Vater, daß dieses Lachen zum Ruhme der Gottheit zu deuten sei.

Bald sprach sich die Schönheit des Kindes herum, und daß es bei der Geburt gelacht hatte, wo ja Kinder sonst mit Weinen zur Welt kommen. Die Unreinen aber, die am teuflischen Zauber Anteil hatten, spürten einen Stachel in ihren Herzen. Zahlreich waren damals Menschen, welche mit der schwarzen Kunst zu tun hatten. «Hier kommt für uns Unglück und Verderben», besprachen sich diese. «Es muß gelingen, daß wir diesen Zarathustra aus der Welt schaffen!»

Doch alle unschuldigen Geschöpfe freuten sich über seine Geburt. Bäche und Quellen strömten reichlicher, Blumen dufteten herrlicher, Vöglein ließen ihr Zwitschern fröhlicher hören, das Gras der Erde erschien in frischerem Grün.

Unter denen, die sich nicht freuten, war der König des Landes. Er hieß Duransarum und war ein lichtscheuer, von finsteren Mächten verführter Mensch. Um sich hatte er eine beträchtliche Schar von seinesgleichen. Als dieser Duransarum von der Geburt Zarathustras hörte, verfärbte sich sein Gesicht, daß es trockenem Stroh glich. Ahriman flößte ihm den bösen Willen ein, das Kind sogleich umzubringen. Er bestieg sein Pferd und begab sich mit einigen Gefährten zum Hause der Spitama. Mit eigener Hand wollte er die ruchlose Tat vollbringen. Als der König sich der Wiege näherte, sah er ein Antlitz, schöner als des Frühlings Blumen vom Lichtglanz Ahura Mazdaos beseelt. Das war Duransarum wie ein Stich ins Auge. Er hob seinen Dolch, um das Kind Zarathustra zu durchbohren. So hoffte er sich von seiner Furcht zu befreien. Da geschah es aber durch die Macht des Herrn über Leben und Tod, daß die Hand des Königs alle Kraft verlor. Der Dolch entfiel ihm, er selbst flüchtete hastig aus dem Hause, seine Gefährten hinter ihm her.

Der Grimm des Königs minderte sich nicht durch diese Beschämung. Tag und Nacht sann er darüber nach, wie er das kleine Kind vernichten könne. Er redete sich ein, nur durch einen ihm selbst unbekannten Zauber habe seine Hand die Kraft verloren. «Gegen Menschenhand mag dieses Kind geschützt sein – ob aber gegen Feuer?» So denkend, ließ er in der nahen Wüste einen großen Scheiterhaufen aufrichten. Das Holz wurde mit Pech und Schwefel eingeschmiert. Danach schickte er seine Knechte hinaus, um das Kind Zarathustra zu rauben. Das gelang, denn die göttliche Vorsehung wollte dem törichten König ein zweites Wunder zeigen. Was geschah? Nachdem das Feuer angezündet war und das Kind in die Glut geworfen, da ereignete es sich durch die sieghafte Macht des Herrn über Feuer und Wasser, daß dem Kinde kein Härchen auf dem Haupt verbrannt wurde. Die Knechte des Königs aber kehrten zu ihrem Gebieter zurück, verbeugten sich tief und sagten: «Wir haben deinen Befehl ausgeführt.»

Dughdova, als sie entdeckte, daß ihr Kind gestohlen worden war, lief verzweifelt in die Wüste, um es zu suchen. Sie fand es sanft schlafend in der Asche. Da füllte sich ihr Herz mit Vertrauen, sie entsann sich ihres Traums und dankte der im Schein der Sonne lebenden Gottheit.

Was wunderbar geschehen, konnte nicht lange verborgen bleiben. Es kam dem König zu Ohren, daß sein Feuer dem Kinde keinen Schaden zugefügt habe. Er aber in seiner sturen Arglist begann, weiter nachzuforschen, wie das Kind umzubringen sei. «Gegen Feuer», dachte er, «mag dieser widrige Knabe geschützt sein. Ob aber gegen Tiere?» Diesmal gab ihm der finstere Ahriman ein, man solle das Kind zu einem Engpaß bringen und es dort auf den schmalen Pfad legen. Danach sollte man eine große Rinderherde durch den Paß treiben, die würde dann das Kindlein zertrampeln. «Das Vieh kennt keinen Gott», meinte der König, «unterscheidet nicht zwischen gut und bös, weiß nicht, was es tut. Also wird niemand sagen können, wer das Kind getötet hat!» Die zauberkundigen Ratgeber lobten die Klugheit des Königs.

Wie gut die Mutter auch aufpaßte, das Kind Zarathustra wurde wiederum gestohlen. Denn abermals wollte die hohe Vorsehung dem selbstherrlichen König ein Wunder dartun. Seine Knechte legten das Kindlein auf den Pfad in einem Engpaß und trieben in wilder Jagd die Herde hinein, voran eine prächtige Kuh, größer und stärker als die anderen Tiere. Diese aber stellte sich wie eine schützende Mutter über das Kind, während die Herde an beiden Seiten vorbeitrampelte. Erst als die letzten Kälber vorbeigerannt waren, folgte die Kuh den andern ruhig nach.

Zum Himmel flehend, suchte Dughdova ihren Sohn. Als sie erfuhr, was der König hatte anstellen lassen, lief sie zum Engpaß, wo sie ihr geliebtes Kind völlig unversehrt fand.

Dem König mußte das Mißlingen seines Anschlages berichtet werden. Da schalt er seine Leute, weil sie sich von einer Kuh hatten prellen lassen. Die Kuh wollte er zuerst geschlachtet wissen. Doch diese war nirgends zu finden. Nun überlegte er sich, ob nicht eine große Zahl Pferde, durch einen noch engeren Paß getrieben, seine böse Absicht verwirklichen könnte? Er besprach sich mit seinen ruchlosen Ratgebern darüber, und diese lobten die große Klugheit ihres Gebieters. «Die Hufe deiner prächtigen Rosse werden diesen unbequemen Tropf flachtreten», versicherten sie.

Abermals befahl der König, das Zarathustrakind zu einem Engpaß zu bringen, wo es auf den schmalen Pfad gelegt wurde. Aber die göttliche Vorsehung ließ das Kind nicht im Stich. Denn als die Pferde durch die Kluft getrieben wurden, trabte eine starke Stute mit gelben Ohren den anderen voran, stellte sich mit ihrem kräftigen Leib über das Kindlein und blieb so stehen, bis alle vorbeigaloppiert waren. Dem teuren Sprößling Dughdovas wurde nicht ein Härchen auf dem Haupte gekrümmt. Wiederum konnte die Mutter es froh und friedlich nach Hause bringen.

Dem boshaften König mußte gemeldet werden, daß die Hufe seiner Pferde dem Kind Zarathustra nichts anhaben konnten, und daß es völlig unbeschadet von seiner Mutter ins Vaterhaus zurückgebracht worden sei.

Da grämte sich der König. Doch sein verstocktes Herz begann, neue Übel zu ersinnen. «Da taugen Haustiere nichts», sagte er zu seinen Räten, «versuchen wir es mit Wölfen!» Ihnen dünkte das ein vorzüglicher Gedanke. Jäger wurden ins Gebirge geschickt, um eine Wolfshöhle zu finden. Diese wurde gefunden, die Jungen getötet und an deren statt das Zarathustrakind in die Höhle gelegt. «Wenn die Wölfe kommen und ihre Jungen tot finden, werden die blutdurstigen Tiere ganz gewiß dieses unerträgliche Kind zerreißen», meinte der König. Und keiner widersprach.

Alles wurde angeordnet, wie es der König sich ausgedacht hatte. Die Wölfe kamen vom Gebirge und fanden ihre Jungen tot, dafür aber ein kleines Menschenkind in ihrer Höhle. Gleich wollten die wütenden Raubtiere sich über das hilflose Kind werfen. Doch die göttliche Vorsehung hatte es anders bestimmt. Denn auf einmal

schlossen sich die Lefzen der Wölfe. Das Kind hatte seine Hand ausgestreckt und die Tiere berührt. Damit waren sie besänftigt, und das Leben des Knaben war gerettet. Die Wölfe legten sich neben ihn nieder, um ihn warm zu halten, denn im Gebirge herrschte eisiger Frost. Wunderbarerweise kamen zwei Schafe herbei, denen die Wölfe nichts zuleide taten. Die Schafe gaben dem Kinde Milch aus ihren Eutern. Beim Sonnenaufgang des nächsten Tages fand die Mutter das Kind von den Tieren wohlbehütet.

Somit mißlangen alle Anschläge des Königs Duransarum. Dafür begann er nun ganz andere Pläne zu schmieden; er wollte mit der Zeit Zarathustra für seine eigenen Zwecke gewinnen, denn daß dem Knaben eine geheime Kraft innewohne, davon war er nun überzeugt. Das bestätigte ihm am Ende auch ein Seher, der ob seiner Zuverlässigkeit hoch in Ehren stand. Dieser, mit Namen Buratusch, sprach zu den Zauberkundigen im Rate des Königs:

«Sorgt euch nicht und klaget nicht über die Geburt des Zarathustra. Ich habe die Sache allseitig erforscht. Nie wird er durch eure Machenschaften zugrunde gehen. Im Gegenteil! Blind ist, wer nicht sieht, daß er unter einem höheren Schutz steht. Meine Schau sagt mir: Ihm wird der Schlüssel zur verschlossenen Tür gegeben. Der Geist des guten Gedankens, Wohu Mana, wird ihn führen, und beide Welten werden ihm offenbar sein. Schließet lieber einen Bund mit ihm, als durch weitere Verfolgung Schmach zu ernten.»

Als Zarathustra sieben Jahre zählte, erschien eines Morgens, zur Stunde, da der Hahn kräht, ein alter weißbärtiger Mann vor der Tür des Elternhauses. Er sprach zum Vater Zarathustras: «Gesegnet seist du, Mann des reinen Denkens! Vertraue mir deinen Sohn für einige Jahre an, auf daß ich ihn, das Kind des Himmels, mit Liebe erziehe. Ich will ihn hegen und hüten und vor allem Bösen bewahren. Von Morgen bis Abend will ich ihn lehren, was die Schatten hin über die Erde schreiben, was die Winde flüstern und was die Sterne nachts sprechen.»

Dankbar willigten die Eltern ein. Und so lernte Zarathustra die geheime Sprache aller Dinge zu erlauschen, was die Sonne scheint, was der Regen lispelt, der Donner grollt, die Blitze zucken, was die Bäume raunen, die Bäche gluckern . . . Mit fünfzehn Jahren wußte er all das. Keine Stunde ließ er nach in seiner Ehrfurcht vor dem Schöpfer all dieser Wunder. Seinen Körper übte er nicht weniger als seinen Geist, so daß er jeden Schmerz, alle Anstrengungen aushielt. Wo irgend ein Mensch darbte, brachte er ihm Speise, pflegte ihn und scheute sich nicht, niedere Dienste zu tun. Sowohl im Sichtbaren wie im Unsichtbaren tat er viel des Guten. An vergänglichen Dingen hing seine reine Seele nicht. So verbreitete sich sein Ruhm überall im Land.

Auch dem König kam es zu Gehör, wie man Zarathustra lobte. Er schickte nach seinem Lehrer und sprach zu ihm: «Ich möchte das Herz dieses Jungen prüfen. Mit zauberkundigen Freunden will ich ein wenig Spuk mit ihm treiben. Du sollst sehen, daß wir diesen schmucken Reiter aus dem Sattel werfen!»

Mit seinen Hexenmeistern als Gefolgschaft begab sich Duransarum zum Hause der Spitamas. Angekommen, begannen sie ein Teufelsspiel, so unheimlich, daß alle bleich und bebend aus der Wohnung flohen. Nur der junge Zarathustra verharrte und war weder blaß noch bebend. Sein Herz schlug ruhig, denn ihn schützte eine Macht, die über derlei böse Künste hoch erhaben war.

Als Duransarum sah, daß nicht Zarathustra, sondern er selbst aus dem Sattel fallen würde, verfärbten sich wiederum seine Wangen. Diesmal aber nicht wie welkes Stroh. Rot wie Mohn wurde sein Gesicht. Er ritt davon in solcher Hast, daß er vom Pferde stürzte. So ließ er sein Leben.

Zarathustra wuchs zum Mann heran. Es kam der Tag, da er das Elternhaus verlassen sollte. Aber wohin? Er fragte: «Wo finde ich den gerechten Menschen, der sein Brot mit den Hungrigen teilt?» Da sagte man ihm: «Der jüngste Sohn des Königs der Turaner! Jeden Tag verteilt er Brot aus einem Korb groß wie ein Pferd.»

Zu ihm machte sich Zarathustra auf den langen Weg. Drei Jahre half er treulich, das Brot zu backen und zu verteilen unter den Armen. Dann zog er sich, dem Ruf einer inneren Stimme folgend, in völlige Einsamkeit zurück. Eine Höhle in den Bergen diente ihm als Behausung. Tag und Nacht lebte er dem Schöpfer des Lichtes und der Wahrheit zugewandt – aus der Tiefe seiner Seele fragend, von den Höhen des Geistes Antwort empfangend. So entspannte sich jenes mächtige Zwiegespräch, das uns in Zend Avesta, der heiligen Schrift der alten Iraner, erhalten ist.

Volle sieben Jahre dauerte Zarathustras Einsiedlertum. Dann erhielt er den hohen Auftrag, unter das Volk zu gehen, um die Kunde von Ahura Mazdao, auch Ormudz genannt, zu verbreiten.

Im damaligen Turan war die Bevölkerung größtenteils sehr verwildert, noch nicht einmal seßhaft war sie. Die Macht hatten vielfach Schamanen inne. Diese verdankten ihr Können eher dem Herrn der Finsternis als dem Schöpfer des Lichtes. Zarathustra wollte als erstes einen neuen, reinen Gottesdienst begründen. Die Menschen sollten lernen, das Wahre zu denken, das Gute zu tun. Doch in Turan gab es äußerst wenige, die auf Zarathustra hören wollten – mäßige Sitten waren verpönt, nützliche Arbeit kaum bekannt. Durch wilde Schamanentänze, Geschrei und wüstes Getümmel wurden immer wieder die Mächte des Abgrunds heraufbeschworen. Zarathustras Bestreben, die Menschen auf den rechten Weg zu bringen, erntete nur Spott.

Da nun Zarathustras Bestreben in Turan bestenfalls auf taube Ohren stieß, öfters böswillige Feindschaft hervorrief, entschloß er sich, in den Iran zurückzukehren. Dort herrschte damals ein König namens Gushtasp, diesen hoffte Zarathustra für seine Lehre zu gewinnen. Über zerklüftete Berge und weite Einöden führte ihn der Weg.

Als er auf dieser Wanderung an der Furt eines Flusses rastete, gewahrte er auf der anderen Seite des Stromes eine große Lichtgestalt. Es war Wohu Mana, Geist des guten Gedankens, einer der zwölf Amshaspands, der mächtigen Engelwesen, die Ahura Mazdao umgeben. In seiner Hand hielt er einen Feuerstab, mit diesem gab er ein Zeichen, daß Zarathustra hinüberwaten sollte. Das tat er, in tiefer Ehrfurcht nahte er sich dem mächtigen Geist des guten

Gedankens. Dieser fragte: «Zarathustra, sag an, was ist dein Wunsch, was ist dein Bestreben, was ist dein Ziel?» – Zarathustra antwortete: «Hoher Geist, Gerechtigkeit ist mein Wunsch, Gerechtigkeit mein Bestreben, Gerechtigkeit mein Ziel!» – Darauf sprach Wohu Mana: «Wahrlich, Gerechtigkeit ist erstrebenswert, Gerechtigkeit ist ein hohes Ziel. Lege das Kleid ab, das du deinen Leib nennst, und folge mir. Ich will dich führen zum Schöpfer der Gerechtigkeit. Sein Diener bin ich, seinen Willen befolgend, trat ich vor dich hin.»

Zarathustra legte seine Leibeshülle ab und folgte Wohu Mana. Bei jedem Schritt, den dieser tat, mußte Zarathustra neunzig Schritte tun. Unten auf der Erde sah er seinen Schatten, doch als sie vierundzwanzig Schritte von dem Kreis der Amshaspands entfernt waren, dem Kreis, der Ahura Mazdao umgibt, da wurde das Licht so mächtig, daß er nicht mehr seinen Schatten sah.

In tiefster Ehrfurcht, mit niedergeschlagenem Blick blieb Zarathustra stehen. Da ertönte aus der Mitte des Kreises die Stimme Ahura Mazdaos: «Tritt näher, o Zarathustra, sprich, was willst du hören?» – Zarathustra gab zur Antwort: «Heiligster Schöpfer der Wahrheit, hören will ich: Was ist das erste des Allerbesten, was ist das zweite und was das dritte des Allerbesten?» – Da ließ Ahura Mazdao seine Stimme ertönen, daß es durch alle Welt zu hören war, doch nur von Zarathustra vernommen wurde: «Das erste des Allerbesten sind gute Gedanken, das zweite sind gute Worte, das dritte des Allerbesten sind gute Taten!»

Weiter fragte Zarathustra: «Welcher Brauch ist gut, welcher ist besser und welcher am allerbesten?» – Ahura Mazdao antwortete: «Die hohen Erzengel anzurufen ist guter Brauch, die Erzengel zu schauen ist noch besser, ihrem Willen zu folgen am besten.» Darauf sprach Ahura Mazdao: «Wisse, o Zarathustra, von den beiden Wesen, die aus Zeruana Akarana, dem zeitenlosen Urbeginn, hervorgingen, forderte der Böse die Finsternis als sein Erbteil, der Gute erhielt das Licht. Der Böse begehrte, das Ungerechte zu tun, der Gute das Gerechte. Also teilten sie das Weltensein.» – Weiter wurde

Zarathustra über den Unterschied der beiden Wesen belehrt: «Nicht, o Zarathustra, stimmen ihre Gesinnungen überein, nicht ihre Gedanken, nicht ihre Worte, nicht ihre Entschlüsse, nicht ihre Taten. Wer das Licht liebt, der lebt und schafft im Lichte. Wer die Finsternis wählt, der haust und herrscht in der Finsternis.»

Eine mächtige Schau wurde Zarathustra zuteil. Er sah, wie Ahura Mazdao aufstieg, sein Haupt gen Himmel ragte, seine Füße auf der Erde standen, seine ausgebreiteten Hände alle Welt gleich Strahlen der Sonne umfaßten. Und während Zarathustra schaute, schien Ahura Mazdao immer mehr an Größe und Gestalt zu gewinnen, bis alle Sterne des Himmels seine Kleidung bildeten.

Also erhielt Zarathustra eine weltumspannende Unterweisung. Er lernte Wesen und Dinge zu unterscheiden, himmlische und irdische. Ahura Mazdao, der Sonnenheilige, der unser Brot wachsen, unsere Kinder gedeihen läßt, sprach: «Lehre die Menschen, alle Dinge genau zu erfassen, die sichtbaren wie die unsichtbaren, damit sie der Wahrheit innewerden und tatkräftig im Leben zugreifen. Wo auch dein Fuß die Erde betritt, o Zarathustra, wirst du nie einen Fleck finden, wo mein Licht nicht hinreicht. Lehre die Menschen: So sie meine Gebote halten und das Feuer auf den Altären nicht ausgehen lassen, wird die Finsternis keine Macht über sie gewinnen!»

Von dieser Offenbarung erfüllt, kehrte Zarathustra zurück und fand seinen auf der Erde hinterlassenen Körper. Hohe Engel aus dem Kreise der Amshaspands begleiteten ihn. Einer gab ihm die Kraft, alles Fließende zu beherrschen: sowohl den Regen, der vom Himmel fällt, als auch die über die Erde hinströmenden Bäche und Flüsse. – «Lehre die Menschen, daß durch die Kraft des Wassers das Gras grünt und die Tiere leben. Leite es hinaus in die Wüste, damit Wiesen entstehen, Bäume wachsen und Früchte reifen!» – Ein anderer dieser Engel verlieh ihm Macht über das Feuer, vom kleinsten Funken bis zur sengenden Lohe. Die Gabe, den Sturm zu beschwichtigen, erhielt er, und die Macht, wilde Tiere zu zähmen. «Lehre die Menschen, das Vieh zu züchten, gehörntes wie unge-

hörntes. Denn mit Hilfe der Tiere gibt die Erde höheren Ertrag, so daß mehr Menschen gesättigt werden. Dies alles verkünde, daß alt und jung es hören!»

Nicht nur die hehren Amshaspands traten vor Zarathustra hin. Auf seiner weiteren Wanderung ließen sich auch die Diener des Fürsten der Finsternis vernehmen. «Du kluger Mann», schmeichelten sie, «wirst schon wissen, deine Weisheit für dich zu behalten. Wir kennen deine geheimen Künste nicht. Wir wissen aber einen Weg, der schnell und mühelos zur höchsten Macht und Ehre führt. So du dich zu uns gesellst, steht dir dieser Weg offen. Doch wenn du ablehnst, dann höre jedenfalls einen guten Rat: Spiele deine Zauberkünste nicht gegen uns aus, denn das wird dir nicht frommen!» – Über diesen guten Rat konnte Zarathustra nur lächeln. Und als er einige Verse aus der heiligen Avesta sprach, packte sie die Angst, und sie machten sich davon.

Unter all dem gelangte Zarathustra in den Iran. Sein Kommen wurde dem König Gushtasp gemeldet. Er ließ sogleich seine Ratgeber, dreißig an der Zahl, rufen; und als Zarathustra vorgelassen wurde, standen sie auf beiden Seiten des Hochsitzes, auf dem der König thronte.

Einem Löwen gleich trat Zarathustra in den Saal. Seine Erscheinung flößte den Ratgebern eine Angst ein, die sie kaum verbergen konnten. Bisher hatten sie eine große, aber dunkle Macht über den König ausgeübt. Doch was war jetzt mit dieser Macht? – Als Zarathustra zu reden begann, war es ihnen, als sei der Tag des Gerichts über sie angebrochen. Sie bildeten eine Zunft von Zauberkundigen, die den König in ihrem Netz gefangenhielten. Die Rede Zarathustras war wie ein zweischneidiges Schwert, das dieses Netz durchschnitt. Mit lauter Stimme brachte er hundert Gründe hervor, die alle für die Wahrheit des lebenspendenden Ahura Mazdao zeugten. Nicht einer von den dreißig Ratgebern des Königs wagte zu widersprechen, ihre Zungen waren wie gelähmt.

Zum Schluß wandte sich Zarathustra an den König: «Herr der Erde! Vor dir stehe ich, Diener dessen, der die Erde unten, den

Himmel oben schuf. Er ist dein und mein Schöpfer. Er schenkte dir den Thron. Mich berief er zu dir, damit du aus meiner Hand einen kostbaren Schatz erhalten sollst. Sein Name ist Zend Avesta. Er enthält Wahrheit und Reinigung der Seele. Bis heute hat dein Auge an Vergänglichem gehangen. Lerne jetzt, deinen Blick auf Unvergängliches zu richten!»

Zunächst verstand Gushtasp diese Rede nicht. Er antwortete: «Zeige mir den Schatz, der so kostbar ist!» Zarathustra sprach darauf einige heilige Worte, die uns in Zend Avesta aufbewahrt sind. Doch sie waren dem König noch weniger verständlich, so daß er nicht wußte, was er davon halten sollte. Darum sagte er: «Wir brauchen Zeit, damit wir uns diese Sache überlegen können. In einigen Tagen sollst du unsere Meinung erfahren. Inzwischen verbleibe als Gast und genieße, was mein Haus bietet.» Der König winkte einigen Dienern, daß sie Zarathustra in seine Herberge geleiteten. Danach zog er sich zurück.

Kaum war Zarathustra den Ratgebern des Königs aus den Augen, da steckten sie ihre Nasen zusammen, um zu erschnüffeln, wie sie mit ihm fertig werden könnten. Nach einigem Hin und Her beschlossen sie, den Wärter seines Schlafgemachs zu bestechen, damit er ihnen helfen solle, Kot und allerlei unreine, ekelhafte Dinge in seinem Zimmer zu verstecken: Köpfe von toten Hunden und Katzen, Menschenknochen und dergleichen mehr. Dies getan, eilten sie zum König und riefen mit geheucheltem Abscheu: «Großer, gerechter König, komm! Schauen sollst du, was für ein Gast sich unter deinem Dache breitmacht! Ein Hexenmeister schlimmster Art ist Zarathustra. Sein einziges Ziel ist es, Macht über dich, edler Herrscher, zu gewinnen. Fast will uns scheinen, daß er mit seinen dunklen Reden auf gutem Wege war . . .» Als Gushtasp darauf in Zarathustras Zimmer geführt wurde, entsetzte er sich gar sehr und befahl, Zarathustra sofort ins Gefängnis zu werfen. «Doppelte Wachen für diesen gefährlichen Mann!» verordnete er.

Nun besaß der König ein wunderbares schwarzes Pferd, das ihm völlig unersetzlich war. Immer wenn er in seinem Reich etwas erforschen wollte, bestieg er dieses Pferd und ritt hinaus. Eines Morgens aber, als die Sonne aufging, geschah es, daß der Stallmeister das schwarze Pferd auf dem Boden liegend fand. Zu seinem Schrecken entdeckte er, daß es alle vier Beine verloren hatte – sie schienen im Rumpf des Tieres verschwunden zu sein. Wie das zu erklären sei, konnte niemand sagen. Es mußte aber dem König gemeldet werden. Als er selbst das hilflose Tier zu Gesicht bekam, war er vor Verzweiflung ganz außer sich. Er ließ seine Ratgeber rufen. «Jetzt zeigt eure Kunst», sagte er, «ihr wißt, daß mir dieses Pferd unersetzlich ist. Macht, daß es wieder Beine hat!»

Mit allerlei Zaubersprüchen und tollem Tun versuchten die Ratgeber, das Pferd zum Aufstehen zu bringen. Doch je lauter sie schrien und unheimlicher sich gebärdeten, um so regloser lag das Pferd.

Des Königs Kummer über den Verlust des schwarzen Pferdes war so groß, daß er keine Nahrung zu sich nehmen konnte. Eine lähmende Ratlosigkeit verbreitete sich nach allen Seiten seines Hofstaats.

Das alles bekam nun Zarathustra vom Gefängniswärter zu hören. Da sagte er: «Bringe dem König diese Botschaft: Sobald ich aus dem Gefängnis entlassen bin, kann ich sein Pferd heilen.» – Ohne Säumnis ließ Gushtasp den Häftling holen. Als Zarathustra vor dem König stand, sprach er: «Nur wenn du vier Bedingungen erfüllen willst, eine für jedes der vier Beine deines Pferdes, kann es geheilt werden.» – Erstens mußte der König jeglichen Zweifel an der Gottheit des Lichtes, Ahura Mazdao, überwinden, auch nicht daran zweifeln, daß Zarathustra sein Diener und Sendbote sei.– «So dein Zweifel an Ahura Mazdao besiegt ist, wird das erste Bein zum Vorschein kommen», sagte er. Die zweite Bedingung war, daß Gushtasps Sohn, der tapfere Isfendiar, sich an die Spitze der Verteidiger des wahren Glaubens stellen sollte. Dritte Bedingung: Auch die Königin müsse sich für den neuen Gottesdienst entschließen. Zum vierten sollten die Gefängniswärter verhört werden, damit an den Tag käme, wer die Scheußlichkeiten in Zarathustras Zimmer gebracht habe.

Ohne langes Bedenken nahm Gushtasp diese Bedingungen an, eine nach der anderen. Und bei jeder Zusage bestrich Zarathustra mit seiner Hand die betreffende Stelle am Pferd und sprach ein Gebet. Die Beine kamen zum Vorschein und waren alle heil.

Übergroß war die Freude und Dankbarkeit des Königs. Er faßte ein unerschütterliches Vertrauen zu Zarathustra. Er ließ ihn neben sich auf dem Throne Platz nehmen, und in Anwesenheit des versammelten Hofstaates bat er ihn um Verzeihung für das Unrecht und die Schmach, die er ihm zugefügt hatte. Die dreißig Ratgeber aber, die bislang an der Macht gewesen waren, ließ er hinrichten.

Das große Bestreben Zarathustras bestand in der Einrichtung eines gereinigten Gottesdienstes. Denn ihm genügte nicht der bloße Glaube, ihm kam es vor allem auf das Tun an. Und eben das erforderte der Gottesdienst: tägliches Tun! Seit alters war nun das Feuer den Iranern heilig. Doch die Pflege des heiligen Feuers war mehr oder weniger vergessen worden. Zarathustra ließ das Feuer wieder heilig sprechen. Rein und klar sollte es auf den Altären wie auf dem häuslichen Herd brennen. Nie durfte es durch unsaubere Dinge zum Schwelen gebracht werden. Alle, die das Feuer anschauten, sollten eine Bildoffenbarung der höchsten Gottheit Ahura Mazdao erleben. In der Sonne hatte er sein Leben, Licht und Wärme waren seine Taten. Jeder Sonnenstrahl zeugte von der schöpferischen Kraft des sichtbar-unsichtbaren Gottes – von ihm, dessen Name eigentlich unaussprechbar ist . . .

Feuer durfte nur da brennen, wo es von Menschen gewollt war, wo es gezündet wurde. Das hatte für Zarathustra eine tiefe Bedeutung. Denn in seiner Verkündigung sprach er den Willen der Menschen an. Sie sollten tun! Und durch ihre gutes Tun der Gottheit des Lichtes im Kampf gegen den finster-kalten Ahriman dienen. Wo durch Menschenarbeit die Erde fruchtbar wurde, wo grüne Wiesen und ertragreiche Äcker entstanden, da freuten sich die Amshaspands, da ergoß sich der Segen Ahura Mazdaos über die Welt. Ebenso wenn wilde Tiere gezähmt, wenn der Wolf in einen treuen Hund verwandelt wurde, oder der wuchtig-gehörnte Stier den

Pflug zu ziehen lernte, da erklang ein Loblied der guten Geister, während die bösen Divs jammerten und Ahriman die Zähne knirschte.

Zunächst ging nun die Sonne über friedlichen Tagen auf. Mittels der heiligen Worte und der hohen Weisheit, die Ahura Mazdao durch seine Amshaspands Zarathustra zukommen ließ, konnte er sein großes Werk fortführen. Gushtasp leistete ihm dabei seine königliche Unterstützung. So wurde überall im Iran der gereinigte Gottesdienst angeordnet, nicht durch Zwang, sondern durch die überzeugende Macht, die in Zarathustras Verkündigung lag. Dem Gottesdienst wohnte eine gesundende Kraft inne. Wo er Wurzel faßte, blühte das Leben, die Menschen empfanden seine gute Wirkung. Herrliche Tugenden, vor allem Wahrhaftigkeit, Tapferkeit, Fleiß und Reinlichkeit, schmückten die Jugend. Noch in der späten Nachwelt wurden diese Eigenschaften als besondere Iranertugenden bezeichnet. Die entsprechenden Untugenden, Lügenhaftigkeit, Feigheit, Faulheit und Unsauberkeit, wurden tief verachtet.

Derart wurde tüchtig gearbeitet und schöne Ernten unters Dach gebracht. Eines Tages offenbarte Gushtasp, daß er vier große Wünsche im Herzen hegte. Erstens wollte er wissen, wo ihm nach seinem Tode im Paradies ein Platz zukomme. Zweitens wünschte er, in allen Kämpfen unverwundbar zu sein, denn Krieg mit den bösgesinnten Turanern war vorauszusehen. Zum dritten wünschte er über alles Geschehen sowohl in der Vergangenheit wie in der Zukunft Bescheid zu erhalten. Und endlich wollte er wissen, ob seine Seele am Tag des Jüngsten Gerichts bestehen würde. Diese Wünsche legte er dem Zarathustra vor. Dessen Antwort war: Kein Mensch könne über alle vier Fragen Aufschluß bekommen. Der König müsse sich für einen der Wünsche entschließen, die drei anderen müsse er zurückstellen und womöglich anderen Menschen überlassen. Der König entschloß sich für den ersten Wunsch und bat Zarathustra, ihn dem Gott des Lichtes vorzulegen.

Dieser Wunsch erfüllte sich großartiger, als es der König gedacht hatte. Eines Morgens, als das Gesicht des Tages im Osten aufging

und der König eben seinen Platz auf dem Thron eingenommen hatte, eilte der Torwächter herein und meldete die Ankunft von vier Reitern, mächtig wie hohe Berge! Kaum hatte der Wächter zu Ende gesprochen, da traten sie in den Saal, so daß dieser sich von einem blitzenden Licht erhellte. «Fürchte dich nicht, edler Herrscher», sprachen sie, «wir sind Sendboten deines Gottes. Er läßt dir sagen: Halte Zarathustra hoch in Ehren, befolge seinen Rat in allen Dingen. Stärke deine Seele durch Gebet und Opfer. So du solches tust, wird dein Platz im Paradies nicht eng sein!»

Gushtasp erschrak derart über die Macht dieser Boten, daß er vom Thron fiel und die Besinnung verlor. Als er wieder zu sich kam, waren sie verschwunden. Ihm aber blieben Trost und Hoffnung.

Von Zarathustra berichtet die heilige Schrift der Iraner, Zend Avesta, daß er sich oft in den höchsten Himmel entrückt wußte. Da erlebte er sich mit dem Schöpfer des Lichtes und der Wahrheit sprechend. Zarathustra fragte:

«Heiliger Schöpfer der sichtbaren Welt! Wo auf Erden dünkt es dich am besten?»

Ahura Mazdao antwortete:

«Wahrlich, o Zarathustra, wo Getreide aufkeimt, Gras ergrünt und eßbare Früchte reifen, indem Wasser in die Wüste geleitet wird.

Denn nicht ist die Erde glücklich, die lange ungepflügt liegt, ebensowenig wie die schöngewachsene Frau, die lange ohne Kind ist.

Wer die Erde anbaut, o Zarathustra, mit der linken Hand und mit der rechten, mit der rechten Hand und mit der linken, der schafft einen Gewinn . . .

Wer Korn sät, der sät, was heilig ist, der bringt das Gute zum Gedeihen. Wenn das Getreide gedroschen wird, dann fangen die bösen Divs vor Angst zu schwitzen an. Und wenn es gemahlen wird, verlieren sie die Fassung. Wenn das Mehl zum Teig zubereitet wird, dann heulen die Dämonen. Und wenn das Brot gebacken wird, blecken sie die Zähne.»

Diese Unterweisung brachte Zarathustra den Iranern und fand

bei ihnen überall Gehör. Im Norden aber setzten die Turaner ihre alte, unstete, zum Teil räuberische Lebensweise fort. Um Ackerbau und fleißige Arbeit kümmerten sie sich wenig. Und die Botschaft Zarathustras, soweit sie hinreichte, stieß dort auf dumpfes Unverständnis.

Das bekümmerte Zarathustra. Er wandte sich an die hohe, heilige Gottheit mit der Bitte: «Erweise deinem Diener eine Gnade: Zeige mir, wo wächst die Hoffnung?» Da wurde ihm von unsichtbarer Hand ein Stück Brot gereicht, und die Stimme des im Lichte Lebenden sprach: «Iß davon, und dann erzähle, was du schaust!» – Als er gegessen hatte, sah er die Welt und alles, was sie enthält. Ohne Schleier sah er das Blut und das Mark der Menschen und auch ihre Gedanken, reine wie unreine. Alle Taten, jegliches Tun sah er. Und ein weltgroßer Baum mit sieben Ästen wurde ihm sichtbar. Ein Ast war aus Gold, einer aus Silber, einer aus Kupfer und so weiter aus den verschiedenen Metallen.

Als Zarathustra, der Lehrmeister der Welt, nach dem Sinn dieser Schau fragte, da hörte er wiederum die Stimme dessen, der ihm das Brot gereicht hatte: «Der Baum, den du gesehen hast, wächst durch alle Zeiten. Seine Äste sind die sich ablösenden Zeitalter, gute und böse wechselnd, wie sie von den Bewegungen des Himmels abhängig sind. Der goldene Zweig bedeutet die Zeit der Offenbarung, da war noch kein Verderben in die Welt gekommen.»

Jeder Ast wurde ihm gedeutet. Doch von dem letzten wurde ihm gesagt: «O könntest du dann nur aus der Welt entfliehen! Da gehen die Menschen schwarz gekleidet, arm und geizig. Die Guten scheinen von der Erde entrückt zu sein. Bei den zurückgebliebenen findest du keine Tugenden, nur Haß, Schlauheit und Zwietracht. Brot und Salz werden nicht mehr geehrt, das heilige Feuer nicht geschürt. Der Himmel bewölkt sich, doch kein Regen fällt. Glühende Hitze und eisige Kälte wechseln, so daß die Bäume Blätter und Früchte verlieren. In den Quellen versiegt das Wasser, Dürre verödet die Felder. Die Tiere sterben vor Durst und Hunger. Das Übermaß an Leiden und Not läßt die Menschen den Tod begehren.»

Also wurde Zarathustra über das Ende der irdischen Tage belehrt. «Zwar wächst die Hoffnung durch alle Zeiten, doch keine Zeit hat ewigen Bestand!»

Gutgesinnten Menschen machte Zarathustra eine wunderbare Verheißung. Sie ist in den Worten enthalten, die auf die Menschwerdung des damals in dem Sonnensein verehrten Gottes hinweisen. Denn diese Menschwerdung sollte ja dereinst kommen – und ist gekommen! Die besagten Worte finden wir in Zend Avesta. Also lauten sie, wenn sie in unserer Sprache wiedergegeben werden:

«Zu der mächtigen, lebenspendenden Gottheit der Sonne schauen wir auf, zu dem Gotte, der übergehen wird auf den sieghaftesten aller Heilande. Er wird die Welt vorwärts bewegen, wird Krankheit, Alter und Tod überwinden. Er verhilft uns zum ewigen Leben, ewigem Gedeihen und zu freiem Willen, wenn der lebendige Überwinder des Todes kommt und durch seinen Willen die Welt vorwärts bringt.»*

Das mächtige Wirken Zarathustras strahlt durch Jahrtausende weit in die Welt hinaus. Sein Vorbild wie seine erhabene Lehre bekam für die ganze Menschheit eine unversiegliche Bedeutung. Bis zum heutigen Tag hat sich in Sprichworten manches erhalten, was die geistige Prägung Zarathustras zeigt. So die schöne Lebensregel: Vollführe die kleinen Taten jetzt, dann kommen die großen nach und bitten um dein Tun!

* Freie Wiedergabe nach der Übersetzung von Hermann Beckh.

BEGINN DER KRIEGE ZWISCHEN IRAN UND TURAN

Das Wirken Zarathustras, des Sendboten Ahura Mazdaos, brachte in Iran das Leben zum Blühen. Die Sage berichtet: Es sproß daselbst ein Baum, dessen Blätter weise Ratschläge, dessen Früchte gute Taten waren. Sein Name war Zarathustra. Gelobt sei sein Wort, gesegnet der Schritt seines Fußes. Sein Arm schlug den Böses wirkenden Ahriman. Zu Gushtasp, dem Herrn der Welt, sprach er: «Dir will ich zur wahren Gottheit den Pfad zeigen. Ein Becken voll des heiligen Feuers durfte ich vom Himmel auf die Erde mitbringen. Der Schöpfer des Lichtes sprach zu mir: Nimm hin die linde Glut, schenke sie meinem Volk, damit es im reinen Glauben erstarke.»

Ohne Säumen versammelte Gushtasp die Großen und Weisen aus allen Gauen Irans, damit sie auf Zarathustra hörten und seine hohe Lehre beherzigten. Nicht durch Zwang, nur durch Beredsamkeit wurde der verworrene Götzendienst abgesagt und der heilige Feuerdienst mit gottgefälligen Gebräuchen eingeführt. Wo die Macht Gushtasps hinreichte, wurden Feuertempel errichtet und dem Schöpfer des Lichtes und der Wahrheit geopfert. Den Menschen wurde ihre hohe Verantwortung bewußt, mit Fleiß wandten sie sich nützlicher Arbeit zu.

Vor der Tür seines Feuerhauses pflanzte Gushtasp eine Zypresse als Wahrzeichen seines Glaubens an Ahura Mazdao und dessen Verkünder Zarathustra. Der Baum wuchs herrlich und hob seinen Wipfel zum Himmel. Diesen Baum ließ der König umbauen, so daß er mitten in einer prächtigen Halle zu stehen kam. Die Wände ließ er mit Gold beschlagen und mit Bildern schmücken. Da sah man Dshemshid, wie er den Pflug empfing, und Feridun, wie er mit der Stierkeule Zohak erschlug. Als auf dem Altar das reine Feuer gezündet, wurde der Tempel dem Gott des Lichtes und der Wahrheit geweiht.

Danach verkündete Gushtasp seinem Volk: «Hört mein Wort! Zu Fuß sollt ihr euch auf den Weg zum Heiligtum machen! Geht bei Zarathustra in die Lehre. Vernehmet, was er spricht, und folget seinem Rat, denn daraus wird euch das größte Heil ersprießen.» Und es taten die Iraner nach dem Gebot ihres Königs, sie wandten ihr Antlitz zur Zypresse, zum Bethaus Zarathustras.

Im nördlichen Turan aber ging es anders zu. Dort herrschte der gewaltige Ardshasp über ein verwildertes, unwirsches Volk. Als nun Ardshasp hörte, daß sich im Iran der neue Glaube und ein gereinigter Gottesdienst verbreiteten, da flüsterte ihm der schwarze Ahriman ein, er solle den Bund mit dem Iran kündigen. Also sprach Ardshasp zu seinem Volk: «Der altbewährte Glanz ist vom Iran gewichen. Ein Zauberer hat die lügenhafte Botschaft gebracht, ihm sei der in der Sonne thronende Gott sichtbar gewesen und habe ihm die heilige Schrift Zend Avesta geoffenbart. Unten im finsteren Abgrund aber sei ihm Ahriman erschienen, und der Arge wolle nicht von der Welt ablassen. Weiter sagt dieser Zauberer, daß Gott ihn aus Liebe zum iranischen Volk zu Gushtasp gesandt habe, damit er die neue Lehre empfange. Und der König hat der Lüge geglaubt, so daß ganz Iran voll des falschen Gesetzes ist. Darum bin ich Sinnes, eine Botschaft in den Iran zu senden mit reichen Geschenken an Gushtasp, um ihm zu raten, daß er fortan am Altbewährten festhält und nicht Gut und Glaube einem Manne schenke, der seine Einbildungen aus dem eigenen Daumen saugt. Falls er aber meinem wohlgemeinten Rat nicht Folge leistet, bin ich entschlossen, mit meinem Heer zu kommen, um ihn und den Iran zu züchtigen. Denn so wollen es die Götter, an die wir Turaner uns halten!»

Mit lautem Zuruf stimmten ihm alle Großen von Turan zu. Gesandte zogen in den Iran und brachten sowohl Botschaft wie Gaben vor Gushtasp. Dieser aber ergrimmte sehr und versammelte sofort seine Großen. Als er ihnen die freche Forderung vorgetragen hatte, zogen sein Bruder Serir und sein Sohn Isfendiar ihre Schwer-

ter und riefen: «Mit diesen Schneiden wollen wir Ardshasp die Seele aus dem Leibe treiben, ihm und seinem wüsten Heer!»

Nach kurzer Beratung mit den Seinigen fertigte Gushtasp die Gesandten mit folgendem Bescheid an Ardshasp ab: «Ein trotzig Wort hast du geredet. Du sprachst, du würdest ein Heer zum Streit heranführen. Wisse, du brauchst nicht zu kommen. Wir selbst werden wie Löwen vom Iran über dich und dein Gesindel herfallen, tausend mal tausend an der Zahl. Keulen tragen wir, Schwertschwinger sind wir, erlesene Streiter alle. Noch raucht in eurem Land vergossenes Turanerblut. Sind aus eurem Gedächtnis unsere früheren Siege entschwunden? Doch weil ihr es so wollt, werden wir euch wiederum den Tag verfinstern!»

Bestürzt über diese Antwort sammelte Ardshasp aus allen Gauen seines Reiches ein mächtiges Heer und rückte mit Raub und Brand gegen den Iran vor. Auch Gushtasp zog aus seinen Ländern weit und breit eine große Schar gut bewaffneter Krieger zusammen. Zu Führern seines Heeres bestellte er seinen Bruder, den kühnen Serir, und seinen Sohn, den unvergleichlichen Isfendiar. Danach schickte er nach einem alten Seher mit der Frage: «Eröffne uns, was in den Sternen gezeichnet steht, und sage uns das Verborgene: Wie wird der Ausgang dieses Streites sein?»

Nachdem der Seher eine Weile gesonnen, antwortete er: «Versprich erst, o König, daß du nichts Böses gegen mich verhängest, so mein Mund ungutes Schicksal verkünden muß.» Gushtasp schwur bei Gott und seinem Boten Zarathustra, daß der Seher nichts zu befürchten habe, wenn auch seine Voraussage Schlimmes versprechen würde.

Da hub der Seher an: «Heiß wird den Iranern der bevorstehende Krieg. Feuer wird die Erde, Rauch die Luft erfüllen. Dunkel wird sich der Himmel bewölken. Die Iraner werden anfangs schwere Verluste erleiden, das Los des Krieges wird zunächst nicht zu ihrem Vorteil fallen. Nach schweren Verlusten werden sie sich aber noch einmal in den Kampf werfen und die Feinde in die Flucht schlagen. Mit starkem Arm wird Isfendiar, der Schrecken der Turaner, die schwere Keule führen und ihre Reihen aufreiben. Doch bleiben Berge von Gefallenen auf dem Schlachtfeld. Serir, dein Bruder, und viele deiner Sippe werden nicht heimkehren, also will es das Verhängnis.»

Gushtasp, als er das hörte, fiel auf sein Antlitz und kam von Sinnen. «Was soll mir Thron und Würde», rief er, «wenn meine Edlen mich verlassen! Zurückrufen will ich sie, daß sie sich nicht zum Fraß der Wölfe in die Schlacht stürzen!» Darauf erwiderte der Seher: «Nicht also, o König! Wenn deine Helden das Heer nicht führen, wer soll dann für Ehre und den wahren Glauben kämpfen? Tor und Türe wird dann den verwüstenden Turanern geöffnet. Wähne nicht, daß du das Verhängnis abwenden kannst. Göttlicher Beschluß waltet da, und der ist gerecht. Ihm wirst du nimmer entfliehen.»

Nach diesen Worten beruhigte Gushtasp sich. Er führte sein Heer ins Feld und wählte sich einen Ort auf einer Anhöhe, von wo aus er alles überblicken konnte. Die Kampfrufe der Iraner und das Geschrei der Turaner erschollen aus Tausenden und Abertausenden von Kehlen, Pfeile und Geschosse verdunkelten alsbald den Himmel. Von seiner Anhöhe aus sah Gushtasp, wie die Reihen der Kämpfenden hin und her wogten. Mit Keulen, Schwertern, Lanzen fochten sie, Mann gegen Mann. Zu Pferd und zu Fuß hauten sie, stachen sie, stürzten sie und verbluteten. Schon häuften sich Gefallene und schwer Verwundete, als der iranische Bannerträger von Pfeilen durchbohrt fiel. Da schlug sich des Sehers verwegener Sohn mit Schwerthieben durch, faßte das Banner und hob das glückbringende Heerzeichen wieder hoch. Doch bald erlag auch er den feindlichen Waffen. Dies sehend, zerriß Gushtasp sein Gewand und rief nach seinem Roß, um sich ins Getümmel der Kämpfenden zu werfen. Doch das erlaubten die Seinen nicht. «Isfendiar wird die Rettung bringen», riefen sie. Und wirklich, der Unverwüstliche bahnte sich im Handgemenge eine Öffnung, und ihm folgten die iranischen Löwen mit solcher Kraft, daß die Mitte des feindlichen Heeres in wilde Flucht geschlagen wurde. Ardshasp sah von seiner Höhe den Durchbruch der Iraner und konnte sein Leben nur retten, indem er sich auf sein rasches Pferd warf und seinen fliehenden Scharen folgte.

Der teuer erkaufte Sieg war vollständig. Doch nicht für immer. In der Folgezeit kam es zu langjährigen Kämpfen zwischen den seßhaften Iranern und den mehr umherstreifenden, nomadisch lebenden Turanern. Das Kriegsglück wechselte, und nach der Sage soll der hochbetagte Zarathustra bei einem Einfall der Turaner vor dem Altar seines Feuertempels den Tod gefunden haben.

GILGAMESCH

Gilgamesch war ein junger, etwas ungestümer Herrscher, der seine Stadt Uruk hart bedrückte. Die Einwohner ließen sich das gefallen, weil sie die Vorstellung hatten, ihr König sei nur ein Drittel Mensch, zu zwei Dritteln aber ein Gott*.

Gilgamesch war sehr tätig. Er ließ eine starke Mauer zum Schutz um die Stadt bauen – aus Ziegeln, weil es in Chaldea kaum Steine gibt. Trotz dieser Mauer und trotz der Tapferkeit und Stärke des Königs vermochte die Stadt einer Belagerung nicht standzuhalten. Uruk mußte sich unterwerfen und dem Feind die Heiligtümer des Tempels aushändigen. Das war vormals ein bewährtes Mittel, um eine besiegte Stadt unter dem Joch zu halten. Inmitten des Tempels befand sich das große, kraftspendende Standbild der Ischtar, die als eine besondere Beschützerin von Uruk galt. Auch die Priester und Priesterinnen verschiedener Art und Ordnung wurden mit dem Ischtarbild entführt.

* In der damaligen Zeit war das keine unmögliche Vorstellung. Überragende Helden wurden als Göttersöhne erlebt. Sogar in der Bibel gibt es davon eine Andeutung (1. Mos. 6, 2–4).

Für die Einwohner Uruks verschlimmerte sich das Leben. Das geraubte Tempelbild war für die Einwohner ein schwerer Verlust. Denn das Bild der Gottheit hatte für die Seelen in damaliger Zeit die allertiefste Bedeutung. Menschen, die in den Tempel traten und vor dem Bild standen, erlebten eine wirkliche Verbundenheit mit dem Wesen des Bildes. Schwer war auch, daß Gilgamesch – «dem Wildstier gleich an erhabener Kraft» – nicht nachließ, sein Volk zu bedrükken. «Nicht ließ er den Sohn zum Vater kommen, nicht die Jungfrau zu ihrem Bräutigam. Bei Tag und Nacht trotzte er dem Volk», heißt es. Er nahm sie alle für sich und seine Herrschaft in Anspruch.

Von Uruk stiegen die Wehklagen zu Anu, dem himmlischen Schöpfer. Und nicht verschloß dieser sein göttliches Ohr für die Not des Volkes. Er gebot einer Göttin, daß sie einen Mann ins Leben rufe, einen gewaltigen, löwenbeherzten. Und es geschah, daß die Göttin etwas von sich selbst hingab – und so entstand Eabani, der Heldenhafte, «ein Sprößling der Nachtstille, mit Kraft beschenkt von seiner Mutter Ninurta».

Eabani wuchs heran in der Wildnis fernab von menschlichen Siedlungen. Nur mit den Tieren der Steppe und des Waldes war er befreundet, selber sah er halbwegs wie ein Tier aus, am ganzen Leib behaart.

Eines Tages stieß ein Jäger aus Uruk, der bei der Tränke das Wild belauerte, auf Eabani. Er beobachtete dessen Kraft und erschrak. Eabani hingegen schien keine acht auf den Jäger zu geben. Der Jäger erzählte seinem Vater, was er gesehen, und sprach auch von der gewaltigen Stärke des wilden Mannes: «Er streift in der Steppe umher, frißt mit den Gazellen das Gras und drängt mit ihnen zur Tränke.» – Der Vater sagte zum Jäger: «Richte dein Auge auf Gilgamesch, den König, bringe ihm diese Kunde. Und nimm das nächste Mal eine Frau mit. Sie mag dem wilden Mann ihren Liebreiz zeigen, wenn er mit den Tieren zur Tränke kommt.»

Das geschah nun. Die Frau folgte dem Jäger. «Sie nahm Eabanis Atemstoß hin» und wußte sein Vertrauen zu gewinnen. Als Eabani die Frau berührt hatte, da wurden die Tiere scheu vor ihm. Sie aber sprach zu ihm: «Eabani, laß ab von deiner Gemeinschaft mit den Tieren. Komm mit in die Stadt und schaue den König Gilgamesch! Ihn hat Schamach, der Sonnengott, mit seiner Kraft gesegnet. Ein Sohn des Tages ist Gilgamesch, du aber bist ein Sprößling der Nacht.»

Währenddem hatte Gilgamesch einen Wahrtraum, den er seiner Mutter, der alten Königin, offenbarte: «Ich ging unter meinen Rekken. Da sammelten sich über mir eine Menge Sterne, und eine Axt fiel von der Feste des Himmels auf mich herab. Ich wollte sie aufheben, aber sie war mir zu schwer. Das Uruk-Volk sammelte sich um mich, und jetzt konnte ich die Axt aufheben und zu dir hintragen.»

Seine Mutter, der alles kund war, sprach zu Gilgamesch: «Die Axt ist ein Mann. Vielleicht wurde einer gleich dir in der Steppe geboren? Siehst du ihn, wirst du Freude haben! Zu mir wirst du ihn führen, den starken Eabani.» Gilgamesch antwortete: «Möge es geschehen! Einen Freund möchte ich gewinnen, einen starken Helfer, einen treuen Berater.»

Vorerst kam Eabani in das Haus eines Hirten. Da wurde ihm Speise und Trank, die ihm ungewohnt, vorgesetzt. «Er schaut und guckt», heißt es, «nicht weiß Eabani Brot zu essen.» «Iß das Brot, Eabani, das gehört zum Menschenleben», sprach die Frau.

Einige Zeit half er, das Vieh zu hüten. Dann wusch er seinen behaarten Leib und zog ein Gewand an, damit er wie ein Mann aussah. Darauf begab er sich in die Stadt. Die Leute auf der Straße staunten ihn an. «Er gleicht Gilgamesch an Gestalt», sprachen sie, «von starken Gliedern, doch nicht ganz so groß an Wuchs.»

Da kam ihm Gilgamesch entgegen. Wo der König geradeaus schritt, wich das Volk zur Seite. Eabani wich nicht. Vor dem Haus, in das Gilgamesch hinein wollte, versperrte er ihm den Eingang. Zorn rötete das Gesicht des Königs. Wie ein junger Stier geht er in die Knie. Desgleichen tut Eabani. Sie stoßen zusammen, packen einander mit gewaltigen Griffen. Sie ringen, daß die Hauswand erbebt und der Türpfosten zerschmettert wird. Keiner von den

beiden kann den andern niederwerfen. Endlich, als Gilgamesch auf seine Knie sank, verrauchte sein Zorn. Er löste seinen Griff. Eabani löste gleicherweise den seinen – da standen sie, schauten einander ins Auge. Gilgamesch erkannte die Axt, die ihm im Traum vom Himmel gefallen war.

Jetzt schlossen sie Freundschaft. Gilgamesch führte Eabani zu seiner Mutter, der alten Königin, und sprach: «Hier bringe ich dir den Mann! Er ist der Stärkste im Land. Ohne Vater und Mutter ist er, erweise ihm deine Gunst und Gnade!»

Seit dem Raub der Stadtgöttin bestand für Gilgamesch eine schwere Pflicht. Das war die Befreiung der entführten Göttin mit den zu ihr gehörenden Priestern und Priesterinnen. In Eabani hatte nun Gilgamesch den starken Freund, der ihm beistehen könnte. Also tat er seinen Mund auf und sprach zu Eabani: «Freund, leihe mir dein Ohr! Im fernen Zedernwald herrscht der hünenhafte Chumbaba, der gefürchtete. Ihn will ich fällen. Was er geraubt hat, will ich holen. Die Göttin und ihre Gefolgschaft will ich heimführen. Lange genug hat Uruk ihren Segen vermißt!»

Eabani antwortete: «Als ich in der Wildnis umherstreifte, erfuhr ich von Chumbaba. Sein Brüllen ist Sintflut, sein Rachen Feuer, sein Hauch Tod. Undurchdringlich ist der Wald, der seine Burg umgibt. Wie gedenkst du den Kampf mit ihm zu bestehen?»

Gilgamesch sagte: «Eine Axt soll mir zum Werke genügen. Fiele ich, würde ich mir doch einen Namen aufrichten! Des Menschen Tage sind gezählt. Doch so du den Tod scheuest, bleibe da.»

Doch dazubleiben fiel Eabani nicht in den Sinn. Zusammen zu den Waffenschmieden gingen die Freunde, ließen sich schwere Beile und scharfe Schwerter anfertigen.

Als die Ältesten im Rat der Stadt von dem Vorhaben ihres Königs hörten, sprachen sie zu ihm: «Weil du jung bist, o Gilgamesch, hat dein Herz dich verführt. Du kennst nicht die Stärke dessen, mit dem du dich da einlässest. Chumbaba ist schier unüberwindlich, sein Wald undurchdringlich.» Für solche Reden war aber Gilgamesch unzugänglich. Mit Eabani an seiner Seite war er des Sieges gewiß.

An der Spitze einer kleinen, aber erlesenen Schar zogen die beiden Helden aus – alle den wochenlangen Weg auf Maultieren reitend, Eabani als Wegkundiger voran. Seine Augen waren erleuchtet, er wußte, wo Gefahr lauerte, und kannte den Eingang zu dem gefährlichen Wald. Dort hatte Chumbaba einen starken Hüter mit einer beträchtlichen Mannschaft aufgestellt. Nach einem harten Kampf erlag der Hüter den mächtigen Hieben Eabanis, und seine Mannen flüchteten.

Mitten im Zedernwald lag ein Berg, auf dem Chumbaba seinen Sitz aufgerichtet hatte. Da hielt er Ischtar und ihre Priesterschaft gefangen. Chumbaba wußte sich mit bösem Zauber und allerlei Spuk wohl zu wehren. Nur wer ihm hurtig und furchtlos auf den Leib rücke, so daß ihm keine Zeit bleibe, seinen Zauber ins Werk zu setzen, könne ihn besiegen – das war Gilgamesch in einem Wahrtraum geoffenbart worden. So wußten die Freunde, wie vorzugehen. Sie riefen die guten, beschützenden Götter an, und nach kurzem Kampf fiel der Gewalttäter von der Axt des beherzten Gilgamesch.

Ischtar und die Gefangenen konnten nun nach Uruk zurückgeführt werden. Darauf sollte ein prächtiges Freudenfest stattfinden. Bei diesem Fest setzte sich Gilgamesch die königliche Zierde aufs Haupt und ließ sich in einen purpurnen Mantel kleiden. Herrlich war er anzuschauen, so daß Ischtar, die Göttin, in heftiger Liebe zu diesem Manne entbrannte. «Komm, Gilgamesch!» rief sie mit süßer Stimme, «du sei mein Gatte, ich dein Weib!» Und sie zählte die wunderbaren Gaben auf, die sie ihm schenken wollte – einen Wagen mit goldenen Rädern, schnelle Rosse und dergleichen mehr.

Doch als Gilgamesch seinen Mund zum Reden öffnete, da war seine Antwort tief kränkend. Höhnisch warf er ihr vor, sie sei für jeden zu haben. Vielen Liebhabern sei sie hold gewesen, hätte sie aber allesamt betrogen. «Du bist ein Schuh, der seinen Träger kneift», rief er, «eine Tür, die jeden Wind hereinläßt, ein Kamel, das seinen Reiter abwirft, ein Eimer, der das Wasser herausläßt!» Danach nannte er alle beim Namen, die sie ins Unglück geführt hatte, und das waren nicht wenige.

Wieder entbrannte die Göttin, jetzt aber in Zorn! Sie entschwand menschlichen Augen, als wäre sie ein Traumgesicht gewesen. Sie stieg zum Himmel empor, zu Anu ihrem Vater. Tränen vergoß sie in Strömen. «Gilgamesch hat mir große Schmach angetan», rief sie, «schicke den Himmelsstier hinab, daß er Gilgamesch töte!» Und so entsetzlich gebärdete sie sich, daß die Götter ihr Verlangen gewähren mußten. Aber sie taten es ungern. Sie legten das Leitband des Stieres Ischtar in die Hand, und sie führte ihn nach Uruk hinab.

Dort angekommen, ließ sie den gewaltigen Himmelsstier los, und schon durch sein Schnauben verursachte er furchtbares Unheil. Wo er die Erde aufwühlte, entstanden tiefe Gruben, in die viele Menschen hinabrutschten. Auch Eabani fiel in eine Grube. Er sprang aber schnell herauf, packte den Stier an den Hörnern und hielt ihn fest. Der Stier schleuderte seinen gräßlichen Mist nach allen Seiten und stieß nach vorne. Da kam Gilgamesch hinzugeeilt und packte ihn am Schwanz. Und so hielten sie ihn gefangen, bis es Gilgamesch gelang, ihm den Kopf mit einem gewaltigen Hieb abzuschlagen.

Nach dieser Tat wuschen die Helden sich die Hände im Flusse Euphrat und setzten sich nieder, ruhten aus.

Als Ischtar von der Tötung des Himmelsstiers erfuhr, stieß sie einen Schrei aus. «Weh über Gilgamesch, der mich mißachtet, der den gottgesandten Stier erschlug!» Und wiederum stieg ihr Wehgeschrei zu den versammelten Göttern hinauf. In einem Wahrtraum vernahm Eabani ihr Urteil: Leben um Leben! – Weil sie den Himmelsstier getötet hätten, müsse einer der beiden Helden sterben. Und das Los des Schicksals fiel auf Eabani.

Bald darauf erkrankte Eabani. Und wie er merkte, daß alle Lebenskraft ihm zu schwinden begann, erzählte er Gilgamesch, was ihm geoffenbart worden war. Dieser brach in heftiges Weinen aus. «O Bruder», rief er, «warum sprechen sie mich frei, die Götter, anstatt deiner? An deinem Lager will ich mit dem Geist des Todes ringen.»

Eabani starb. Gilgamesch war es, als hätte er einen Teil seiner selbst verloren. Aus Gold ließ er ein Bild des Freundes herstellen, schön und kostbar. Aus tiefstem Herzen klagte er: «Du Axt an meiner

Seite, so zuverlässig in meiner Hand! Du Schild, der mich schützte! Wo bist du nun? Welch böse Macht nahm dich von mir weg? Was ist das für ein Schlaf, der dich umfangen hat?»

An diesen rätselvollen Schlaf, den Tod, hatte Gilgamesch bislang wenig gedacht: Wo gehen wir hin, was sind wir, wenn das Licht des Tages in unseren Augen erstirbt, der Atem unsere Brust verläßt? Die vielen Fragen ließen ihn nicht mehr zur Ruhe kommen. Er schüttelte seinen Kopf, er raufte sich sein gelocktes Haar. – Was bleibt uns, wenn alles Leben in der Nacht des Todes verschwindet? Er wandte sich vorwärts und rückwärts, er zerriß seine Kleider, er lief hinaus in die Steppe, er weinte bitterlich.

In dieser Not entsann sich Gilgamesch, daß er von seinem und der Menschheit Urahn, Ziusudra, gehört hatte. Von ihm wurde erzählt, er habe die Sintflut überstanden. Weit im fernen Westen, wo die Sonne untergeht, würde er leben. Er sei, so sagte man, der einzige, der sprechen könne über das Los des Menschen nach dem Tode.

Diesen geheimnisvollen Ziusudra aufzufinden, entschloß sich Gilgamesch. Doch da hatte er einen langen Weg vor sich. Herrschersitz, Hofstaat und Dienerschaft mußte er verlassen. Ohne Gefährten, einzig seiner eigenen Kraft vertrauend, mußte er die mühselige Wanderschaft antreten.

Das, was Gilgamesch unterwegs durchmachte, waren Erlebnisse, die sich nicht immer an der Oberfläche oder Außenseite des Daseins abspielten. Wieder und wiederum kam es zu Begegnungen, die der Mensch nur an der Grenze seines Lebensganges haben kann. Prüfungen waren es, die er zu bestehen hatte.

Da kam er zu jenem Berg, der vor dem Untergang der Sonne liegt, wo der Tag aufhört. Über diesen Berg führt weder Weg noch Steg, wer weiter will, muß durch den Berg hindurch. Gilgamesch gewahrte die Öffnung einer tiefen Höhle, doch vor dem Eingang hielten zwei riesige Skorpionmenschen Wacht, deren Furchtbarkeit ungeheuer, deren Anblick Tod war. Als Gilgamesch diese sah, umwölkte sich sein Angesicht vor der Ungeheuerlichkeit ihrer

Erscheinung. Er faßte sich aber und neigte sich vor ihnen. Der eine Skorpionmensch rief: «Der da kommt – sein Leib ist Götterfleisch!» – «Zwei Teile an ihm sind Gott, Mensch ist sein dritter Teil», antwortete der andere. Sie fragten: «Was hat dich bewogen, den gefährlichen Weg hierherzukommen?» Gilgamesch antwortete: «Meinen und der Menschheit Urahn, den fernen Ziusudra, will ich finden; Kunde möge er mir erteilen, was nach dem Tod ist.» Der Skorpionmensch tat den Mund auf: «Ziehe hin, Gilgamesch, ohne Furcht. Dunkel ist der Weg durch den Berg. Mögen deine Füße dich heil zum Ziel, heil wieder heimbringen.»

Danach ließen sie Gilgamesch in die Höhle hinein, in der eine undurchdringliche Finsternis herrschte. Als er nach langem Tappen und Taumeln wieder das Licht des Tages erblickte, stand er am Meeresufer. Eine Frau trat ihm da entgegen, eine Schenkin mit einem Krug. Sie fragte: «Wer kommt daher? Warum sind abgezehrt seine Wangen? Warum von Sonnenglut sein Gesicht verbrannt? Ist unfroh sein Herz, wohnt Harm in seinem Gemüt?» Gilgamesch sprach zu ihr: «Mein Freund, den ich über alles liebte, ging dahin in die Nacht des Daseins, er, der mir beistand, Eabani, der mir Axt und Schild war. Seit er dahin ist, finde ich nicht mehr das Leben. Zu Ziusudra will ich, dem Eingeweihten, daß er mir Wahrheit über Leben und Tod künde!»

Sie aber antwortete: «Kehre um, Gilgamesch! Das Leben, das du suchst, wirst du nie finden! Wisse, daß die Götter, als sie die Menschen schufen, ihnen den Tod erteilten, das Leben aber für sich selbst behielten. Darum, Gilgamesch, dein Bauch sei alle Tage voll! Ergötze dich mit Tanz und Spiel, denn umsonst ist all dein Bemühen!»

Gilgamesch kehrte nicht um. Nach Eabanis Tod waren ihm Tanz und Spiel eitel Klirr und Klapper. Einem Schiffer begegnete er, der im Dienste des fernen Ziusudra stand. Der half ihm, das große Meer zu überqueren – jenes Meer, das sonst nur die Sonne überschreitet. Immer weiter drang er, hohe Berge überstieg er, reißende Ströme durchwatete er, heiße Wüsten brachte er hinter sich, bis er in das ferne

Land des Urahns gelangte. Da war sein Antlitz gefurcht, seine Kleidung zerlumpt, seine Schuhe waren dahin. Wahrlich, wie ein armer Bettler stand der König von Uruk vor Ziusudra, dem uralten Wissenden.

Weit war er gewandert – weit nicht nur in der Welt des Raumes! Mit seiner Seele war Gilgamesch durch lange Zeitenräume zurückgekehrt. Denn das große Meer, das er überquerte, war das Meer der Zeit, jenes, das sich ausdehnt bis zum Anfang unseres Daseins. Doch über all dies hatte Gilgamesch kein Wissen.

Ziusudra begrüßte den Fremdling, als habe er ihn lange erwartet. Ohne Säumnis offenbarte ihm Gilgamesch, warum er gekommen, daß er Antwort heische auf die Rätselfrage: Was ist nach dem Tod? «Eabani, meinen über alles geliebten Freund, sah ich in der Erde gebettet. Werde auch ich mich zu ihm betten? Was bleibt, wenn uns jener kalte Schlaf befällt?»

Sprach Ziusudra: «Die alles überschwemmende Sintflut liegt zwischen deiner Zeit als König von Uruk und der Zeit, wo noch ein Wissen von unserem Sein nach dem Tode war. Nur wer sich schweren Prüfungen unterwirft, gelangt zum Wissen über Leben und Tod. Lerne dich zurückzuversetzen in Zeiten, wo du noch nicht Gilgamesch warst. Hinter die große Flut, bis zum Ursprung, da alle Dinge sich in den Händen der Götter befanden, mußt du zurück!»

Solches Sprechen verstand Gilgamesch zunächst nicht. Er fragte: «Hinter die große Flut? Wie ist das möglich?» Da tat ihm Ziusudra kund, wie er auf göttliches Geheiß die Sintflut überstanden habe. Eine Art von Schiff, ein großes, habe er gebaut, um mit einer auserwählten kleinen Schar durchzukommen. «Göttliches Geheiß kann aber nur dem helfen, der dafür wach und hell bleibt. Du suchst Gewißheit über dein Sein nach dem Tode. Doch die ist nicht im leiblichen Dasein zu finden. Denn der Leib ist vergänglich. Suche die Gewißheit dort, wo sie urständet! Vermagst du sieben Nächte und die sechs dazwischenliegenden Tage wach zu bleiben, so kann dir die Pforte zum Reich der Gewißheit geöffnet werden.»

Gilgamesch sprach: «Sechs Tage und sieben Nächte weinte ich

um meinen Freund Eabani. Sein Geschick lastet auf mir. Sechs Tage und sieben Nächte will ich wach bleiben.»

Das Nötige wurde vorbereitet, das Gebet gesprochen. Doch als Gilgamesch wach bleiben wollte, befiel ihn eine unüberwindliche Müdigkeit. Die Augen der Seele wollten sich nicht öffnen, so daß er nur wie im Traum die Pforte zum Reich der Gewißheit wahrnahm. Nur wie ein schwacher Schein offenbarte sich ihm das große Licht der Gewißheit – das Licht des Sonnengottes Schamasch!

Die Frau des Ziusudra, als sie bemerkte, daß Gilgamesch nicht wach zu bleiben vermochte, faßte Mitleid mit ihm. Nicht völlig vergebens sollte er den mühsamen Weg gewandert sein. Sie buk ihm sieben Brote, eins für jede Nacht. Brote von besonderer Kraft, die ihn für sein ganzes Leben stärken sollten. Ziusudra, der Uralt-Weise, sprach nach den sieben Nächten zu ihm: «Ein anderer bist du geworden, Gilgamesch, auch wenn du nur im Traum das Licht der Gewißheit vernehmen konntest. Als ein Verwandelter kehre heim. Doch erst wasche dich mit Wasser aus meinem Brunnen und ziehe neue Kleider an. Dann nimm diese Wunderpflanze mit, die wird dir und deiner Stadt Glück bringen. Darum passe gut auf, daß du sie nicht unterwegs verlierst!»

Das Unglück aber verfolgte Gilgamesch. Als er auf dem Rückweg bei einem Brunnen rastete, schlich eine Schlange aus dem Wasser und bemächtigte sich der Pflanze. Sie fraß davon, wonach sie ihre Haut abwarf, denn die Pflanze enthielt eine verjüngende Kraft.

Gilgamesch weinte. Doch jetzt lag seine Heimatstadt unweit. Er mußte seine Königswürde wahren, darum verbarg er seinen Schmerz über den Verlust. Schnell hatte sich das Gerücht, daß der König auf dem Heimweg sei, in Uruk verbreitet. Alles Volk schickte sich an, seinen König mit einem großen Fest zu empfangen.

Nicht umsonst hatte Gilgamesch die mühevolle Pilgerfahrt zu Ziusudra gemacht. Er war ein anderer geworden. Fortan übte er seine Herrschaft zum Glück und Gedeihen seines Volkes aus.

ISIS UND OSIRIS

Fast alle Völker der Vorzeit schauten auf ein längst vergangenes goldenes Zeitalter zurück – eine Zeit, da es keinen Zwist gab, da Götter und Menschen völlig eins waren. Erinnerungen an diese Zeit blieben uns in manchen Sagen erhalten. So auch bei den Ägyptern. Da erzählten die Priester dem Volk: Einst lebte der göttliche Osiris auf Erden und ihm zur Seite die ebenfalls gotterhabene Isis.

Des Osiris Mutter war die Göttin Nuth. Doch als Nuth ihren Sohn zur Welt bringen sollte, wurde sie aus Neid von einer anderen Gottheit verwünscht, so daß sie an keinem Tag des Jahres ihr Kind gebären konnte. Zum Glück faßte der Gott Thot Mitleid mit Nuth. Und als er in einem Brettspiel dem Jahr ein Siebzigstel jedes Tages abgewonnen hatte, bildete er daraus fünf neue Tage, die er an das Ende des Jahres anhängte. An dem ersten dieser Tage brachte die Göttin Osiris zur Welt. Danach schenkte sie auch Isis, seiner Schwester und Gemahlin, das Leben. Zuletzt gebar sie Seth, doch der war von Geburt an verwachsen.

Osiris herrschte dann als gerechter, weiser König in Ägypten. Ihm wird zugeschrieben, daß die Menschen ein sittsames Leben zu führen begannen. Seine Herrschaft war ohne jegliche Strenge. Keinen Zwang übte er aus, sondern er überredete die Menschen, daß sie von ihrer wilden Lebensweise abließen und sich eines Besseren bemühten. Er unterrichtete die Ägypter in Ackerbau und lehrte sie vielerlei nützliche Dinge. Auch Musik und die heilige Bilderschrift hatten die Ägypter von Osiris.

Auf diese Weise verlief eine lange, glückliche Zeit. Alles Gute gedieh, in den Tempeln wurden die Götter verehrt.

Da entschloß sich Osiris, eine weite Fahrt durch die Welt zu machen, um auch noch andere Völker auf bessere Wege zu bringen, immer ohne Gewalt, nur durch seine wunderwirkende Beredsamkeit. Während seiner Abwesenheit sollte Seth, sein jüngerer Bruder, Ägypten betreuen. Damit war dieser sehr einverstanden. Bald fühlte er sich bei der Macht und Ehre, die ihm durch das Betreuen zukam, so wohl, daß er nachzusinnen begann, wie er sich Osiris bei dessen Heimkunft entledigen könne. Es gelang ihm durch Lobhudelei und große Versprechungen, Verbündete zu gewinnen, darunter drei ganz üble Gesellen, die aber tüchtige Handwerker waren. Auf irgendeine Weise hatte Seth die genauen Körpermaße von Osiris erfahren. Nach diesen Maßen ließ er die drei Gesellen einen Schrein verfertigen, in den Osiris und kein anderer hineinpassen würde. Der Schrein hatte einen sonderbar schweren Deckel und war mit Gold und Edelsteinen prächtig ausgestattet.

Nun hatte sich in Ägypten, während Osiris auf Reisen war, manches geändert. Seth ließ Sitten aufkommen, die wenig mit den von Osiris gegebenen Anordnungen übereinstimmten. Isis sah die Neuerungen ungern und suchte zu verhindern, daß sie allzu große Verbreitung fanden. Doch sie wollte keinen Unfrieden mit ihrem jüngeren Bruder haben. Denn wie sich durch Osiris das Licht des höchsten Geistes offenbarte, lebte in Isis des Daseins allumfassende Seele.

Voll Sehnsucht erwartete diese Seele die Stunde, da Osiris zurückkommen sollte. Auch Seth erwartete in seiner Weise diese Stunde – und hatte sie genau berechnet. Es sollte geschehen am 17. Tag im Monat des Hathor, in welchem die Sonne das Zeichen des Skorpions durchläuft. Auch die Wandelsterne, besonders den Mars, hatte er genau beobachtet, so daß dieser für sein Vorhaben möglichst günstig stand.

Es sollte ein großes Fest stattfinden, um Osiris feierlich zu empfangen. Zu diesem wurde sogar die Königin Aso von Äthiopien eingeladen, die eine heimliche Feindin des Osiris war. Dazu die 72 Mitverschworenen, darunter die drei üblen Gesellen.

Der kostbare Schrein wurde mitten in den festlichen Saal gestellt. Verwundert fragte Osiris, was er zu bedeuten habe. «Oh, mein großer Bruder», antwortete Seth, «dich zu ehren haben wir diesen Schrein machen lassen. Ein kleines lustiges Spiel soll uns hier gestattet sein. Wer in den Schrein genau hineinpaßt, dem soll er gehören!»

Osiris, dem kein Verdacht in den Sinn kam, ging darauf ein. «Wer soll als erster versuchen?» fragte er, denn zunächst dachte er nicht an sich selbst. Zögernd probierte nun einer nach dem andern, doch niemand paßte hinein: der erste war zu kurz, der zweite zu lang, ein dritter zu dünn, ein vierter zu dick und so weiter. Endlich rief Seth: «Osiris, mein Bruder, versuche nun du! Vielleicht ist der Schrein von schicksalsbestimmenden Göttinnen dir zugedacht?» Nichts Böses wähnend, wollte Osiris seinem Bruder die Bitte nicht ausschlagen. Und so geschah das fürchterliche Unglück. Kaum lag er in dem Schrein, da rief Seth mit schriller Stimme: «Osiris hat die rechten Maße! Ihm gehört der Schrein – und er dem Schrein!»

Damit war für die Verschworenen das Zeichen gegeben. Die drei Gesellen stürzten hervor und schlugen den Deckel zu. Es entstand große Verwirrung, in der es den Handlangern Seths gelang, den Schrein mit geschmolzenem Blei zu versiegeln. Und ehe jemand sich besinnen konnte, schleppten sie den Schrein an den Fluß hinaus und ließen ihn davontreiben.

Die böse Tat war so schnell verübt, daß Isis sie nicht verhindern konnte. In der Verwirrung hörte niemand ihre Rufe, fassungslos und verlassen stand sie da.

Doch nicht lange säumte Isis. Sie schnitt sich ihre schönen Locken ab, legte Trauerkleider an und begab sich in die Welt hinaus, um den Schrein zu suchen. Überall befragte sie die Menschen, doch niemand konnte sagen, wo der Schrein hingekommen sei. Zuletzt waren es zwei Kinder, die erzählten, daß sie einen Schrein an der Nilmündung gesehen hätten. Der sei aber ins Meer hinausgetrieben. Immer weiter suchte Isis, ohne eine Spur von dem Osiris-Schrein zu finden. Da hörte sie von einigen Seeleuten, daß ein Sarg in der Gegend von Byblos in Phönizien von den Wogen des Meeres aufs Land geworfen worden sei. Wo er später hingekommen, wüßten sie nicht.

Unerkannt, in der Kleidung einer Witwe, begab sich Isis nach

Byblos. Dort herrschte König Malkandros mit seiner Königin Astarte. Die Königin hatte soeben einen Sohn geboren und suchte für ihn eine Amme. Ohne ihre hohe Herkunft zu verraten, nahm Isis im königlichen Hause diesen Dienst an.

Bald darauf war es, daß ihr Blick auf einen großen, wunderbar verwachsenen Baum fiel. Ein untrügliches Gefühl sagte ihr, daß der Baum ein Geheimnis verberge. Und wirklich: Die Zweige des Baumes hatten den Schrein umklammert, und er war in das Holz hineingewachsen. Nun ließ Isis König und Königin wissen, wer die Amme ihres Kindes gewesen sei. Sogleich wurde sie mit allen Ehrenbezeigungen des Dienstes enthoben, denn Malkandros und Astarte wußten, was sich in Ägypten zugetragen hatte. Der Baum wurde gefällt, und der Osiris-Schrein kam an den Tag. König Malkandros stellte Isis ein stattliches Schiff zur Verfügung, so daß sie den Schrein nach Ägypten zurückführen konnte.

Dort hatte Seth seine Macht immer mehr gefestigt. Doch wagte er es noch nicht, offen gegen Isis aufzutreten. Darum, als Isis den Schrein brachte, verbarg er seine Arglist. Isis öffnete den Schrein und sah, daß Osiris' Körper völlig unversehrt dalag. Sie beugte sich weinend über sein Gesicht und küßte es. Sie fühlte die Nähe seiner Seele und begann, ihn anzurufen, daß er in seinen Körper zurückkehren solle. Das hörte Seth, der sie heimlich belauschte. Vor Angst begann er kalt zu schwitzen. «Wenn ihr das nur nicht gelingt», dachte er. «Das könnte mein Ende bedeuten! Doch warte nur, ich werde das Mitleid meiner Schwester zu nutzen wissen.» Schnell schlich er sich zum nahen Flusse, legte sich ins seichte Wasser und begann, überlaut zu schreien: «Hilfe, Hilfe! Ich ertrinke!» Isis hörte den Notschrei ihres Bruders, unterbrach ihr Flehen um Osiris und lief hinab zum Fluß. Doch Seth hatte sich im Dunkel der Nacht versteckt. Während Isis ihn ringsum suchte, bemächtigte er sich des entseelten Leibes des Osiris und zerstükkelte ihn in vierzehn Teile. Mit diesen Teilen machte er sich davon, um sie über das Land zu verstreuen, jede Nacht Stück für Stück an einem anderen Ort.

Wiederum mußte Isis auf die Suche gehen. Durch göttliche Hilfe fand sie die Teile, doch diesmal begrub sie jedes Stück für sich. Zu jedem Stück legte sie ein Bild des Osiris. So entstanden viele Osirisgräber, und niemand konnte mit Gewißheit sagen, welches das eigentliche sei. Auf diese Weise wob sich ein Dunkel über die irdische Ruhestätte des in die Gottheit eingegangenen Osiris. «Befrage den Mond», war die Antwort, die derjenige bekam, der sich nach des Osiris' Grab erkundigte.

Doch Isis erlebte ein Wunder. In ihrer Trauer war der entkörperte Osiris bei ihr gewesen. Sie gebar ihm Horus, den Sohn, der des Vaters Werk fortsetzen und in Ägypten der göttertreuen Lebensweise wieder Achtung verschaffen sollte. Von Isis mütterlich im Schoße der Zeit behütet, von Osiris wundersam gespeist, also wuchs das Kind zum Manne heran.

Davon wußte Seth zunächst nichts. Er glaubte sich fest im Sattel sitzend, die Zügel sicher in der Hand haltend. Da trat ihm Horus entgegen. Schon der Anblick des von Osiris' Kraft erfüllten Sohnes flößte Seth einen gewaltigen Schrecken ein. Wo waren seine Helfer? Wo die drei üblen Gesellen, die Verschworenen? Sie fielen von ihm ab, gleicherweise wie er von Schreck erfaßt. Seth flüchtete, wurde aber in einem Netz gefangen, das er selber gesponnen hatte.

Nun sollte Seth gerichtet werden. In dem großen Thronsaal war der gesamte Hofstaat versammelt; Horus saß auf seinem Thron, der göttliche Falke auf seiner Schulter. Auch Isis saß auf einem Thron, sie hatte ihre goldene Krone auf dem Haupte. Ihnen zu Füßen krümmte sich der um Gnade jammernde Seth. Doch Horus blieb unerbittlich. Er sprach: «Du Mörder deines Bruders und Schänder seines göttlichen Leibes, jetzt flehst du um Gnade. Wo aber war die Gnade, als du Osiris in den Schrein gelockt hattest? Gerechtigkeit soll in der Welt herrschen. Gerechtigkeit verlangt, daß du des Todes bist. Frage nur Isis, die du zur Witwe machtest.»

Seth aber bemerkte, wie sich in Isis Mitleid zu regen begann. Er rief: «Du meine Schwester, rette mich! Rette deinen Bruder! Wahr ist, daß ich schief und zu früh zur Welt kam. Ist das meine Schuld?»

Bei diesen Worten des erbärmlich auf dem Boden liegenden Bruders wurde das Herz der göttlichen Isis weich. Sie erinnerte sich ihrer beider Mutter Nuth. Sie sagte: «Gleichen Ursprungs sind wir. Nie kann Gerechtigkeit wollen, daß Geschwister einander verleugnen!» Mit diesen Worten stieg sie von ihrem hohen Thron herab, beugte sich zu Seth nieder und entband ihn seiner Fesseln.

Wie ein Wind machte sich dieser davon. Horus fahndete nicht mehr nach ihm. Doch heftig warf er seiner Mutter Isis ihre Weichherzigkeit vor. Sie wisse nicht, sagte er, welches weitere Unglück Seth in der Welt anstiften könne. Sie verdiene es nicht, eine Krone aus Gold auf ihrem Haupte zu tragen, denn Gold bedeute Weisheit. «Kuhhörner würden dir besser stehen!» Und wirklich setzte er Isis eine mit Kuhhörnern versehene Kopfbedeckung aufs Haupt. Was Horus damit sagen wollte, mag ein Rätsel bleiben.

Osiris war späterhin den Ägyptern nur im nachtodlichen Leben erreichbar. Das höchste, was dann der Seele bevorstand, nannte man das *Hineingehen* in Osiris. Denn wie der Mensch auf Erden im Lichte der Sonne lebt, so die hingegangene Seele im Sein des Osiris.

In dem weithin berühmten Tempel zu Sais befand sich im Altertum ein Standbild der Isis. Das Bild trug die Inschrift: *Ich bin, die da war, die da ist, die da sein wird. Mein Schleier hat kein Sterblicher gelüftet.*

Heute mag die Zeit gekommen sein, wo allmählich dieser Schleier gehoben werden darf.

SINUHE

Ich, Sinuhe, des Königs Statthalter, Fürst und Oberhaupt seines Besitztums in Asien – da wo die Wüstenvölker wohnen –, ich, sein treuer Gefolgsmann, Kämmerer seines Hauses, der ich im Dienste des Königs Amenemhet Tochter stehe, des Königs Sesostris Gattin, ihrer Hoheit Nefru*, ich spreche und schreibe dies:

Es war im dreißigsten Jahr der Regierung Amenemhets, am neunten Tag des dritten Monats, als das Land überschwemmt wurde; da geschah es, daß unser Herr und König Amenemhet von uns schied. Er ging in den Horizont hinein, da, wo die Sonne ihren Aufgang hat. Er stieg in den Himmel hinauf, erhielt Leib am Leibe der Sonne – wie er es vordem hatte**.

In der Stadt der Städte herrschte Stille. Geschlossen waren des Palastes hohe Pforten. Die Männer saßen mit zu den Knien gebeugten Köpfen. Alles Volk klagte.

Vor seinem Hingang hatte Amenemhet ein Kriegsheer gegen das westlich liegende Land ausgesandt. Sesostris, sein ältester Sohn, jetzt unser gnädiger Herrscher und Gott, war Befehlshaber des Heeres. Unermeßliches Gut erbeutete er in Libyen, Vieh und Sklaven in nicht zu überschauender Menge. Doch jetzt wurde er heimgerufen. Abend war es, als die Boten im Lager eintrafen. Sesostris, der göttliche Falke, zögerte nicht. Mit einigen Treuen eilte er davon, ohne dem Heer Nachricht zu geben.

Zu gleicher Zeit erreichte die Botschaft auch seine Brüder, die sich im Lager befanden. Selber stand ich in der Nähe und konnte die Stimme hören, die da sprach. Es war die Stimme meines Fein-

* Sowohl Nefru wie Sesostris waren Kinder König Amenemhets, Geschwisterehen kamen in den königlichen Familien oft vor.

** vordem = vor seinem Erdenleben.

des . . .* Voll Angst klopfte mein Herz. Meine Hände zitterten, meine Knie schlotterten. Eilig entfernte ich mich und suchte eine Stelle, wo ich mich verbergen konnte. Diese fand ich in einem Gebüsch, und auf solche Weise schied ich von dem Heer.

Südwärts führte mich der Weg, bis ich den Fluß erreichte. Da fand ich ein gutes Versteck in einem Acker. Als der Wind vom Westen wehte, baute ich mir ein Floß und ließ mich zum anderen Ufer hinübertreiben.

Danach nahm ich die Richtung ostwärts an den großen Steinbrüchen beim Roten Berg vorbei, wandte dann mein Gesicht nach Norden, bis ich vor mir die Mauer sah, die gegen die Wüstenvölker aufgerichtet ist. Meine Angst, daß mich die Wachen entdecken könnten, war sehr groß. Ich wartete, bis es dunkelte, dann wanderte ich weiter und erreichte in der Morgendämmerung die Landzunge bei Pet. Hunger und Durst quälten mich jetzt so hart, daß ich nicht weiter konnte. Meine Zunge brannte mir im Mund. Ich sagte mir: So also schmeckt der Tod!

Da hörte ich unweit von mir ein Meckern und sah einige Schafe. Mit letzter Kraft erhob ich mich, denn ich lag danieder – und siehe da: Die Hirten gewahrten mich. Der Oberhirt erkannte mich sogleich, denn er war in Ägypten gewesen. Die Hirten gaben mir Wasser und warme Milch und nahmen sich meiner an, so daß ich wieder zu Kräften kam. Großen Dank bin ich diesen Leuten schuldig wegen der guten Taten, die sie mir, dem Fremdling, erwiesen.

Ein Stamm half mir zum nächsten weiter, bis ich nach Byblos gelangte. Von da ging ich ostwärts nach Kedemi. Daselbst weilte ich sechs Monate, bis Nenshi, Fürst von Retenu, Sohn des Königs Amus von Jordanland, eintraf. Er lud mich ein, mitzukommen in seiner Gefolgschaft. «Du wirst dich bei uns wohler fühlen», meinte er, «und öfter deine eigene Sprache hören.» Das sagte er, damit ich

* Hier scheint etwas vorgegangen zu sein, worüber Sinuhe sich nicht klar aussprechen möchte.

verstehen sollte, er wisse, wer ich sei. Weiter fragte er: «Was hat dich hierhergetrieben! Ist in Ägypten etwas geschehen?» Ich antwortete: «Amenemhet ist in den Horizont eingegangen – Sonne in die Sonne. Wer kann wissen, was bevorsteht? Von mir kann ich nur sagen: Als mein Ohr die Botschaft vom Hingang des Königs vernahm, ergriff mich großer Schrecken, so daß ich von Sinnen wurde. Wahrlich, mir ging alle Umsicht verloren. Niemand verfolgte mich, niemand spähte nach mir. In den Ländern, wo ich umherirrte, kümmerte kein Mensch sich um mich. Niemand sprach Böses von mir, kein Verdacht lastete auf mir. Wie ich hierhergekommen bin? Das weiß nur der Gott, der meine Schritte lenkte!» Dazu antwortete Nenshi: «Was wird aus Ägypten werden, da Amenemhet die Erde verlassen hat, er, der Herr der Länder, vor dem alles bebte, wie vor dem löwenköpfigen Sekmet?» – Ich antwortete: «Hat nicht Sesostris, sein Sohn und rechtmäßiger Erbe, den Thron bestiegen? – Göttlich er wie sein Vorgänger, unübertroffen, ohne seinesgleichen, Meister der Weisheit, edlen Sinnes, guten Willens:

Er, Sesostris ist der starke Arm,
Ist der Wall, der widersteht,
Ist der Bogen, den kein andrer spannt,
Dessen Pfeile immer treffen!
Siegherr, er, im Osten wie im Westen,
Er, der Menschen Glück und Hoffnung,
Geliebt, gelobet und geehrt
Als die Gottheit, die er ist!»

Das alles sagte ich. Und weiter: «Schicke ihm Boten mit Gruß von dir, damit sie von deiner Treue zeugen. Gewiß wird er dann dir und deinem Land die stärkste Stütze sein.» Zu dieser meiner Rede verhielt sich Nenshi, des Königs Amus Sohn, nicht schweigend. Er sprach: «Ägypten kann sich glücklich preisen, es kennt seinen König und Herrscher. Du sei nun mein Gast, es soll dir an nichts fehlen!»

Und es geschah, daß ich vor seinen eigenen Söhnen erhöht wurde. Er gab mir seine älteste Tochter zum Weib. Ich durfte mir Land von dem besten in seinem Reich auswählen. Da gediehen Früchte aller Art, Feigen und Trauben in Fülle. Fürwahr, da war mehr des Weines denn Wasser, Honig gab es reichlich, Olivenöl und wohlriechende Harze. Weizen und Gerste reiften auf den Feldern. Vieh in großen Herden weidete in den Auen. Ich war Herr und Statthalter in diesem schönsten Teil seiner Länder. Tag um Tag empfing ich Brot und Wein, alles, was ich für den Tisch meines Hauses brauchte.

Auf diese Weise ging manches Jahr dahin. Es fehlte mir an nichts. Meine Söhne wuchsen zu kräftigen Männern heran und wurden Häuptlinge, jeder für seinen Stamm. Waren des Königs Sendlinge unterwegs, kehrten sie immer bei mir ein. Ich hatte Wasser für die Durstigen, wußte den Weg für die Verirrten, konnte helfen, wenn jemand unter Räuber fiel. Empörten sich die Wüstenbewohner oder gerieten andere Statthalter in eine Notlage, riefen sie mich herbei. Ich war Vorsitzender des Kriegsrates. Denn der König von Retenu hatte mich zum obersten Feldherrn ernannt. Wo ich zugriff, da waren die Weiden und Tränken nach dem ersten Angriff wieder in unseren Händen. Wahrhaftig, mein Arm war stark, mein Pfeil der Tod meines Feindes.

Also geschah es einmal, als wir im Felde lagen: da trat aus dem feindlichen Lager ein Hüne hervor und forderte mich zum Zweikampf auf. In ganz Retenu gab es niemand, der sich ihm zu stellen wagte. Höhnisch fragte er nach meinem Mut. Er glaubte, mich leicht besiegen zu können, mir alles, was ich mein Eigen nannte, zu rauben. Der König von Retenu beriet sich mit mir. «Was nun?» fragte er. Meine Antwort war: «Ich kenne ihn nicht, diesen Mann, war nie weder sein Freund noch sein Feind, stand nie in seinem Zelt. Aus Neid und Niedertracht ist er gekommen, um Streit zu stiften. Wahrlich, da werde ich wie ein Stier in deiner Herde! Ich senke die Hörner! Gelüstet es ihn, mit mir zu kämpfen, wohlan, er soll mich finden. Den Ausgang aber kennt Gott.»

In der folgenden Nacht versah ich meinen Bogen mit einer neuen Sehne, wetzte mein Schwert und glänzte meinen Schild. Am Morgen, da die Sonne aufging, war alles Volk von weit und breit versammelt, um den Zweikampf mitanzusehen. In unserem Lager gab es kaum ein Herz, das nicht für mich klopfte. Die Frauen bebten vor Angst um mich. Sie meinten, auf unserer Seite gäbe es niemanden, der dem Gewaltigen standhalten könne.

Mit Axt, Speer und Wurfwaffen kam er auf mich zu. Doch seine Würfe trafen mich nicht, ich wich allem aus. Da wollte er mich fassen. Doch kam ich ihm zuvor mit meinem Pfeil. Siehe da – gut gezielt! Der Pfeil durchbohrte seinen Hals, er stürzte auf sein Gesicht. Ich aber nahm meine Axt und versetzte ihm den tödlichen Hieb. Danach setzte ich meinen Fuß auf seinen Nacken und ließ meinen Siegesschrei laut erschallen. Da antwortete von allen Seiten der Jubel unseres Volkes. Ich dankte dem Gott, der mir Schild gewesen, dem Gott des Krieges, Month. Und während die feindlichen Scharen in lautes Wehklagen ausbrachen, schloß mich Nenshi, des Königs Amus Sohn, vor den Augen alles Volkes in seine Arme.

Was Besitz meines Feindes gewesen, fiel mir zu. Ich bemächtigte mich seines Viehs, gehörnten wie ungehörnten, nahm, was ich in seinem Zelt vorfand. Also belohnte mich mein Gott – mich, der ich so schwer gesündigt hatte. Mein Herz freute sich, mein Haus wurde größer und nahm zu an Pracht. Mein Name stand hoch in der Gunst des Königs.

Mein Gott, wer du auch bist, der du mich zur Flucht triebst und meiner Schritte Wegweiser warst, sei mir gnädig! Rufe mich zurück in das Land, wo meine Wiege stand! Möge es mir vergönnt werden, Städte und Ortschaften, an denen mein Herz hängt, wiederzusehen. Welche Freude wäre größer als die Gewißheit, meinen abgelegten Leib im Lande meiner Väter ruhend zu wissen! Ach, möge Gott seinen Zorn dämpfen, möge sein Ohr meinem Flehen aus der Ferne nicht verschlossen bleiben! Mein höchster Wunsch ist es wieder, Diener derer zu sein, die göttlich ist, dieweil sie als Königin über das heilige Haus Pharaos gebietet*. Da würde ich mich in meinem hohen Alter als verjüngt erleben. Denn auf mir lastet das Gewicht der Jahre. Meine Augen werden schwach, mein Herz ist müde und meine Füße haben Mühe, den Leib zu tragen. Mein Hingang ist nimmer fern. Du Herrscherin des Alls, du bestimmst über mich. O lasse eine Botschaft ergehen, rufe mich zurück in meine Heimat. Lasse mich für immer in deinem Gefolge sein!

Das war meine Bitte. Und als der herrliche Sesostris von mir erfuhr und meinen Wunsch hörte, da sandte er eine Botschaft mit fürstlichen Gaben, wodurch er seinen Diener erfreuen wollte. Grüße überbrachten sie und einen Brief, in welchem zu lesen stand:

«Sesostris, König beider Reiche, Sohn der Sonne von Ewigkeit zu Ewigkeit, Herr des Lebens, läßt Sinuhe wissen: Lange bist du fern gewesen, weit bist du gewandert. Das eine Land übergab dich dem andern. Du folgtest dem Drang deines Herzens, bis du nach Retenu kamst. Was hattest du getan! Glaubtest du für etwas bestraft zu werden? Deine Stimme hatte sich nicht gegen die Stimme des Rates erhoben. Kein böses Wort hattest du gesprochen. Keine Strafe hattest du zu befürchten! Nur dein eigener Wille trieb dich in die Ferne. Doch jetzt sollst du wissen: Deine Königin und hohe Gebieterin, Nefru, sie, der lichte Himmel über deinem Leben, ist bis zum heutigen Tage gesund, blühend und sonnenhaft geblieben. An meiner Seite trägt sie Sorge für das Wohl des Nordens und des Südens. Du sollst jetzt die Fülle ihrer Gnade genießen, denn sie wird dich mit den schönsten Gaben beglücken. Darum kehre nach Ägypten zurück, zur Stadt deines Königs und deiner Königin, zum Lande, das dir das Leben schenkte. Da werden deine Lippen die Erde küssen. Kehre zurück zu der Würde und Tätigkeit, die sich für dich ziemt.

Du bist nicht mehr jung, deine Kräfte schwanden dahin in der Fremde. Gedenke des Tages, da dein Grab dich empfangen soll,

* Pharao und seine Gemahlin wurden bei den alten Ägyptern als lebendig anwesende Gottheit empfunden.

und du mit deinen Vätern vereint sein wirst. Der Abend kommt, da dein Leib mit Zedernöl gesalbt und in Leintüchern der Göttin Tait geborgen wird. Vergoldet soll die Hülle sein, die deinen Leib für immer umschließt. Der Bogen eines Sarkophags soll sich über dir wölben, wenn du von dannen geführt wirst – von Ochsen sanft gezogen auf einem Schlitten, nicht wie bei fremden Völkern auf einem knirschenden Karren. Sänger sollen deinem Sarkophag vorangehen, und ein Totentanz wird an der Schwelle zu deinem Ruheort dargebracht. Sodann werden die heiligen Worte gesprochen und die Opferhandlung vollbracht. Bedenke jetzt, daß du nicht genötigt bist, unter fremdem Himmel von hinnen zu wandern. Mögen doch nicht Barbaren deinen Leib, in Tierfellen eingenäht, ins Grab schaufeln.»

Das waren die Worte, die mir überbracht wurden. Ich stand mitten unter meinen Leuten, als ich den Brief entgegennahm. Sobald ich den Inhalt begriffen hatte, warf ich mich auf den Boden und küßte den Staub der Erde. Die Freude trieb mich durch das ganze Haus. «Ist es möglich», rief meine Seele, «daß dir eine solche Gnade widerfahren soll! Ich, ein Diener, der sich von seinem bösen Herzen verleiten ließ, so daß ich die meinigen verließ. Du mein Gott, deine Güte verleiht mir neues Leben! Oh, daß mir vergönnt wird, im Lande meiner Geburt zu sterben!» – Und also war meine Antwort auf die königliche Einladung:

«Ich, Sinuhe, der ich im Dienste des Königs stehe, sage: Empfange in Frieden diesen Brief! Dein edles Selbst weiß, daß die Flucht deines Dieners aus Gedankenlosigkeit geschah. Du mein König und Gott hast in mich geschaut, geliebt wie du bist von Re, der Sonne Gottheit. Möge Amon, der Mächtige zu Theben, der Stadt des Todes, mögen Hator und alle Götter dir von ihrem heiligen Atem geben. Du hast in mein Herz geschaut und deines Dieners Wunsch gesehen – du, der du sein Herz kennst, auch wenn er weit weg ist. Dein Diener fand nicht den Mut, dich zu fragen, denn seine Bitte war schwer vorzutragen. Doch du, der du die Sonne bist, erhelltest deines Dieners Herz. Du, der du Horus bist, der göttlich siegende

Falke, lasse deine Botschaft über alle Lande hinausgehen. Rufe die Fürsten herbei, daß sie vor deinem Antlitz erscheinen. Ich war bei ihnen und kann bezeugen, daß sie dir treu sind, dich verehren und deinem Wort gehorchen. Auch sie wissen, daß die Flucht deines Dieners ohne allen Grund geschah, ohne jegliche Umsicht. Eine unbekannte Gottheit gebot mir zu fliehen. Nicht aus Widerspenstigkeit entwich ich. Wer dich kennt, wagt keine Widerspenstigkeit. Denn du hast deinem Volk Ehrfurcht eingeflößt, die fernsten Länder zittern vor deiner Macht. Du läßt die Sonne nach deinem Willen aufgehen, du gibst uns das Wasser zu trinken, die Luft zu atmen. Ich, dein Diener, bin um deines Wunsches willen da. Deine Botschaft habe ich bekommen, und indem ich lebe, spüre ich den Hauch deines Atems. Die Götter erhalten dich in ihrer Hut ewiglich.»

Einen Tag nur brauchte ich, um Abschied zu nehmen und meinen Aufbruch vorzubereiten. Was ich besaß, meine Herden und die Felder mit den Obstbäumen, überließ ich meinem ältesten Sohn. Meine übrige Habe verteilte ich unter meine Hausleute. Danach machte ich mich ohne Aufenthalt auf den Weg und ruhte nicht, bis ich vor der Pforte Ägyptens am Ufer des Nils stand. Der Befehlshaber der Wache schickte sofort einen Boten nach der Stadt der Städte, um Pharao zu benachrichtigen. Und Pharao ließ einen Stellvertreter kommen, um seinen Diener zu empfangen. Dieser kam auf einem Schiff, das mit köstlichen Gaben schwer beladen war. Alle, die mich bis dahin begleitet hatten, wurden beschenkt, denn jetzt mußte ich mich von ihnen trennen; doch erst nachdem ich sie alle bei Namen genannt und geehrt hatte.

Zu Schiff unter vollen Segeln ging die Fahrt weiter. Die ägyptischen Köche bewiesen nun ihre Kunst. Da wurde gebacken und gebraut. Gesottenes und Gebratenes tischten sie auf, bis wir in den Hafen der Stadt Pharaos einliefen. Früh am Morgen, als der neue Tag dämmerte, wurde ich geweckt. Zehn Boten waren gekommen, um mich zum königlichen Palast zu geleiten. Zwischen den Sphinxen kniete ich nieder und berührte die heilige Erde mit meiner Stirn.

An der Pforte stand der Aufseher des königlichen Hauses mit den Kindern Pharaos, um mich in Empfang zu nehmen. Ich wurde in den Saal geführt, wo Pharao unter dem goldenen Baldachin thronte. Obwohl sein Auge mild blickte und sein Gruß gnädig war, warf ich mich vor seinem Angesicht nieder und blieb wie von Sinnen auf dem Boden liegen. Mir war, als fiele ich hinab in ein tiefes Dunkel. Meine Glieder zitterten wie damals, als ich flüchtete.

Doch Pharao sprach: «Hebet ihn auf!» Als ich wieder auf meinen Beinen stand, sagte er zu mir: «Siehe, nun bist du heimgekommen, nachdem du lange Jahre in der Fremde umhergeirrt. Das Alter hat sich in deinem Gesicht eingeschrieben. Hast du bedacht, was es für dich bedeutet, daß dein Leib dereinst im Lande deiner Väter bestattet werden kann? Daß er nicht irgendwo von Barbaren zu Grabe getragen wird? Sinuhe, warum antwortest du nicht?»

Ich wollte antworten, konnte aber vor Furcht nichts sagen. Endlich sprach ich zitternd: «Glücklich wäre ich, wenn ich für meinen Herrn und Gebieter eine Antwort hätte. Aber ich weiß von keiner Antwort. Über mich kam ein Schrecken wie ehedem. Ich werfe mich dir zu Füßen. Du Herr des Lebens, tue mit mir, was du willst.»

Der Pharao wandte sich an seine Königin. «Das ist also Sinuhe», sagte er, «kennst du ihn wieder, diesen Sohn der Wüste?» Die Königin stieß einen Schrei aus. «Das kann nicht Sinuhe sein!» rief sie. Doch der Pharao antwortete: «In der Tat, er ist es.»

Nun verbreitete sich eine große Freude im Hofstaat des Pharao. Die Frauen ließen die Saiten ihrer Instrumente erklingen, und die Becken erschallten. Tanz und Gesang hob an:

Der Süden und der Norden beider Reiche
Gehorchen deinem Wort, dem göttlichen, o Pharao!
Die Völker führst du auf des Friedens Wegen,
Die Sonne folget dir auf ihrer hohen Bahn.
Du bist es, der den bösen Pfeil
Aus des geschlagenen Feindes Wunde rückt.
Von deinem Munde strömt der Atem,

Der göttlich heilende, der den belebt,
Der da erstickt am Boden lag . . .
Gib nun Ägypten diesen Sohn zurück,
Der Jahr um Jahr verschollen war.
Fürwahr, wenn er dein Antlitz sieht,
Wird nimmer er sich flüchten wollen.

Als der Pharao diesen Gesang hörte, ließ er sein Auge auf mir ruhen und sagte: «Ihn soll keine Furcht aus meiner Nähe vertreiben. Er soll in meinem Rate Platz haben. Unter meinem Dach soll er fortan leben. Geleitet ihn jetzt hinaus und richtet alles aufs beste für ihn ein.»

Die Kinder des Pharao reichten mir ihre Hände und führten mich zu einem der wunderbaren Häuser, die für die königliche Verwandtschaft gebaut worden waren. Ein Bad wurde für mich bereitet, und ich bekam weiche Kleider aus feinstem Linnen und Schmuck aus dem Vorrat des Königs.

Die vielen Jahre meiner Heimatlosigkeit fielen von mir ab. Mein Bart wurde geschoren, meine Haare gekämmt. Der Staub auf meinem Körper wurde der Wüste zurückgegeben. Wieder durfte ich auf einem guten Lager zur Ruhe gehen und konnte für immer das Schlafen auf dem Boden den Barbaren überlassen. Ich wurde mit ausgesuchtem Öl gesalbt und konnte das gemeinere denen gönnen, die von nichts Besserem wußten.

Unweit der königlichen Pyramide ist für mich ein Grabmal vorbereitet. Die Priester, die meiner Bestattung vorstehen sollen, sind ernannt, und alles, was für die Feier notwendig, ist bereits da. Mein Standbild wird in Stein gehauen und soll mein Grab schmücken. Wirklich – selten widerfuhr einem geringen Menschen so großes Glück.

So lebe ich in der Gunst meines Königs und in Erwartung des großen Tages, da ich von meinem Hiersein scheide, um in Osiris einzugehen.

RHAMPSINITS SCHATZKAMMER

Als Ägypten nicht mehr im vollen Glanz der alten Weisheit stand, herrschte ein Pharao namens Rhampsinit (Ramses III.). Von ihm wird erzählt, daß er Wand an Wand zu seinem Palast eine Schatzkammer anbauen ließ, wo er seine unermeßlichen Reichtümer aufbewahrte. Der Baumeister aber hatte insgeheim an der Außenwand einen Stein in die Mauer so kunstfertig eingefügt, daß er herausgenommen und wieder eingesetzt werden konnte, ohne daß jemand es bemerkte. Eine Zeit danach erkrankte der Baumeister. Als es seinem Lebensende zuging, ließ er seine beiden Söhne holen und erzählte ihnen, wie er für ihre Zukunft gesorgt habe. Er beschrieb ihnen genau, wo der Stein in der Mauer zu finden sei, und wie man ihn herausnehmen könne.

Als nun der Pharao einige Male in seiner Schatzkammer gewesen war, bemerkte er, daß seine Schätze abnahmen. Er ließ darum Fallen rund um die Gold- und Geldkisten aufstellen, damit man den vermuteten Dieb festnehmen könne. Und richtig – als der älteste Bruder eines Nachts hereingekrochen war, blieb er in einer Falle hängen. Da rief er dem Jüngeren, der draußen wartete, daß er ihm ohne Zögern den Kopf abschneiden solle, damit er nicht auch ins Unglück gerate. Der jüngere Bruder tat es, nahm den abgeschnittenen Kopf mit und setzte den Stein wieder in die Mauer ein.

Groß war das Entsetzen Pharaos, als er am Morgen den kopflosen Mann in der abgeschlossenen Kammer fand. Wie das zu erklären sei, wußte er nicht. Nachdem er sich die Sache überlegt hatte, ließ er die Leiche des Kopflosen außen an der Mauer aufhängen und bestellte Wachen, die gut aufpassen sollten, ob jemand, der vorbei käme, Trauer beim Anblick des Toten zeige.

Diese Schmach ging der Mutter der Brüder sehr zu Herzen. Sie bedrohte den jüngeren Sohn, sie werde dem Pharao alles verraten, so er nicht einen Ausweg fände, die Leiche zu holen und für eine anständige Bestattung zu sorgen.

Der jüngere Bruder erfand nun eine List. Er füllte einige Ledersäcke mit Wein. Mit diesen Säcken belastete er ein paar Esel und trieb sie an den Wachen vorbei. Insgeheim öffnete er die Säcke ein wenig, so daß der Wein heraussickerte. Dabei stellte er sich ganz unglücklich. Die Wachen aber, als sie den Wein herausrinnen sahen, kamen mit ihren Krügen, um etwas vom Trunk zu ergattern. Erst stellte er sich zornig, doch nachdem die Wachen ihn beruhigt hatten, gab er sich zufrieden. «Das Unglück des einen ist Glück eines anderen», sagte er und begann mit ihnen zu zechen.

Es dauerte nicht lange, da waren die Wachen alle betrunken und schliefen ein. Darauf nahm er die Leiche von der Mauer herunter, und zum Spott rasierte er den Wachen die rechte Seite des Gesichts.

Als das dem Pharao gemeldet wurde, versetzte es ihn in größtes Staunen, sogleich aber auch in Zorn. Er ließ befehlen, daß alle Männer der Stadt sich binnen drei Tagen in seinem Palast einfinden sollten. Da würde ihnen seine Tochter eine Frage stellen.

Der Sohn des Baumeisters entschloß sich, wiederum den Pharao zu prellen. Als die Prinzessin fragte, was die schändlichste und was die klügste Tat seines Leben sei, antwortete er: «Die schändlichste war, daß ich meinem Bruder den Kopf abschnitt, die klügste, daß ich den Wachen Pharaos Wein einschenkte.»

Sofort griff die Königstochter nach seiner Hand, damit er festgenommen werde. Er jedoch reichte ihr die Hand seines toten Bruders und lief davon. Die Hand hatte er nämlich unter seinem Mantel versteckt gehalten. Diese Verschlagenheit erstaunte den Pharao so sehr, daß sein Zorn verrauchte. Er ließ sagen, daß der Dieb ohne Furcht kommen solle, damit er ihm eine besondere Gunst erweise.

Dem Wort Pharaos vertrauend, stellte der Dieb sich ein. Pharao lobte seine Klugheit und sein kühnes Handeln, gab ihm seine Tochter zur Gemahlin und machte ihn zu seinem vertrauten Ratgeber. «Gewiß sind die Ägypter das klügste Volk auf der Welt», sagte er, «doch dieser ist der klügste aller Ägypter!»

WELCHES VOLK IST DAS ÄLTESTE?

Die Ägypter rühmten sich, das älteste Volk auf der Welt zu sein. Das wurde aber von anderen Völkern bestritten, denn jedes Volk wollte sich gern diesen Vorrang zuschreiben.

Damit ein für allemal diese Frage entschieden werde, stellte ein Pharao namens Psammetik das folgende an: Er ließ zwei neugeborne Kinder nehmen und übergab sie der Hut einiger seiner Hirten. Diesen wurde aufs strengste befohlen, kein Wort in Gegenwart der Kinder zu sprechen. Sie sollten nur für Nahrung und das Allernötigste sorgen, sonst aber sollten die Kinder sich selbst überlassen bleiben.

Dies geschah nun treulich nach des Pharaos Gebot. Die Kinder wurden in einer einsamen Hütte untergebracht. Nur ließen die Hirten zu gewissen Tageszeiten Geißen herein, daß die Kinder sich von ihrer Milch sättigten. Auf diese Weise wollte der Pharao erfahren, welche Sprache sie hervorbrächten. Kämen als erstes ägyptische Worte aus ihrem Mund, dann sei das, meinte er, ein Beweis für den Vorrang der Ägypter.

Als nach einigen Jahren die Hirten wie gewöhnlich die Türe der Hütte öffneten, fielen auf einmal die Kinder auf die Knie und riefen: Bekos, Bekos! Als das wiederholt geschah, meldeten die Hirten es dem Pharao. Dieser ließ sogleich die Kinder holen, um selber zu erfahren, was sie sagten. Als auch er das Wort Bekos hörte, wollte er wissen, zu welcher Sprache es gehöre, denn Bekos war kein ägyptisches Wort. Die Sprachkundigen wurden befragt, und es stellte sich heraus, daß Bekos ein phrygisches Wort sei, und zwar für Brot.

Da gab der Pharao zu, daß die Phrygier wohl das älteste Volk auf der Welt seien. Die Ägypter mußten sich begnügen, das zweitälteste zu sein.

ANMERKUNGEN

Zu S. 31: Am geistigen Himmel der Menschheit steht Zarathustra, der Gotteskünder des altiranischen Volkes, als herrlich leuchtender Goldstern. Der geschichtliche Hintergrund ist dunkel, sein Name wurde früh von Sagen und Legenden umsponnen. Nach alten Berichten soll er etwa fünftausend Jahre vor dem trojanischen Kriege gelebt haben.

Neuere Forscher können sich das schwer vorstellen. Sie glauben, das Leben Zarathustras in die Zeitspanne sechs- bis neunhundert Jahre v. Chr. ansetzen zu müssen. Sicher scheint, daß ein Mensch um diese Zeit auftrat, der als Zarathustra angesprochen wurde. Das besagt aber keineswegs, daß nicht ein Ur-Zarathustra in jener fernen Zeit gelebt hat. Rudolf Steiner, der Geistesforscher, fand, daß jener erste Zarathustra, von dem die alten Sagen berichten, wirklich im sechsten vorchristlichen Jahrtausend lebte.

Zu S. 58: Westwärts vom bergigen Iran finden wir eine weit ausgedehnte Tiefebene, früher Chaldäa benannt. Die Zwillingsströme Euphrat und Tigris durchziehen das Land. Hier lag die Stadt Uruk, die vormals einem mächtigen Herrscher namens Gilgamesch unterstand.

Von Gilgamesch und seinem Freund Eabani gibt es eine auf Tontafeln aufgezeichnete Sage. Zum Teil sind die Tafeln ziemlich zerstört. Trotzdem sind sie dank des ungeheuren Fleißes der Forscher in den Hauptzügen entziffert.

Dan Lindholm erzählt:

Quell der Ganga

Altindische Sagen.
Mit Illustrationen von Walther Roggenkamp.
3. Auflage, 109 Seiten, gebunden.

Diese Sagen, die vorwiegend aus den bekannten altindischen Epen des Mahabharata und Ramayana stammen, erzählen von den Taten und Leiden jener Menschen, die aus dem unmittelbaren Umgang mit den geistigen Mächten ihr Leben schöpften. Über die großen indischen Könige, wie Nal und Usinara, ihre schweren Wege zwischen Macht und Entsagung, zwischen Erdenreich und Schamballa, dem Land des ewigen Lebens, über die Übungen und Weisungen der ehrwürdigen Brahmanen wird berichtet.

«Überhaupt wird mit dieser Veröffentlichung in Form eines Jugendbuches einem Bedürfnis entsprochen, das sich in dem wachsenden Bestreben junger Menschen kundtut, ihren Erlebnisumkreis über das gegenwärtige zivilisatorische Angebot hinaus zu erweitern.»

Reutlinger Generalanzeiger

Die Stimme der Felswand

Natursagen, Märchen und Schwänke aus Norwegen.
Mit Illustrationen von H. G. Sörensen.
2. Auflage, 72 Seiten, gebunden.

«Die Sammlung kann sich sehen lassen. Besondere Perlen sind die Tiermärchen, aber auch die Schwänke sind köstlich, und da das Besinnliche nicht fehlt, ergibt sich ein norwegischer ‹Volksspiegel›, der Kindern leicht zugänglich ist, in den aber auch Erwachsene gern hineinschauen werden.» *Bücherschiff*

VERLAG FREIES GEISTESLEBEN

Mythen und Sagen von Hans Rudolf Niederhäuser

Fremde Länder – Fremde Völker

Eine Einführung in die Völkerkunde
in Bildern, Mythen und Erzählungen.
Mit Illustrationen von M. Becker.
2. Auflage, 285 Seiten, gebunden.

«Dieses Buch wird von jedem, der sich gern mit fremden Ländern und fremden Völkern beschäftigt, freudig begrüßt werden; denn es hat hohe Qualität und füllt zugleich eine Lücke aus. Es gibt ausgezeichnete Einzeldarstellungen von Ländern und Völkern sowie wissenschaftliche Gesamtüberblicke . . . Der Verfasser hat viel gelesen und verarbeitet und hat sich mit Liebe, aber zugleich mit großer Objektivität in die Seelen der einzelnen Völker versenkt. Das merkt man seinen stilistisch fein abgewogenen und im Tempo und Temperament der Eigenart jedes Volkes angepaßten Darstellungen an. Man sieht es aber auch unmittelbar an den Proben von Märchen, Gedichten und Gedanken, die jedes Kapitel abrunden. Dabei wird nie zuviel gesagt, und es bleibt dem Leser genug Anregung zum Weiterdenken.» *Bücherkommentare*

Von griechischen Göttern und Helden

Mythen und Sagen nach den Quellen neu erzählt.
2. Auflage, 188 Seiten, gebunden.

«Die griechischen Göttersagen werden hier, für die Jugend bearbeitet, in knapper Form nacherzählt. Wir hören Hesiod, wie er von der Entstehung der Erde verkündet, lesen den Bericht von der großen Flut und erfahren die Geschichte der Götter von Apollon bis Theseus. Schüler, die von den alten griechischen Helden und Göttern oft nur am Rande erfahren, werden mit Interesse nach diesem Buch greifen, das eine leicht verständliche Erzählweise mit lebendiger Schilderung verknüpft.» *Welser Zeitung*

VERLAG FREIES GEISTESLEBEN

Römische Sagen und Geschichten

Aus antiken Schriftstellern ausgewählt und im Sinne der Quellen bearbeitet von Hans Rudolf Niederhäuser.
246 Seiten, gebunden.

«Die Absicht des Verfassers, dem Lehrer für das Gebiet der römischen Geschichte eine Hilfe zu bieten, scheint mir mit dem sorgfältig ausgestatteten Buch verwirklicht zu sein. Die ausgewählten Texte halten sich im wesentlichen an die überlieferten Quellen (Livius, Plutarch, Cäsar, Tacitus). Sie geben einen lebendigen Einblick in die wichtigsten Abschnitte der römischen Geschichte von der Gründung Roms bis zu Kaiser Augustus. Der Anhang enthält wertvolle Hinweise zu den einzelnen Kapiteln, eine Erläuterung der staatlichen Einrichtungen Roms, einen Überblick über die italienischen Völker und eine Zeittafel.»
Schweizerische Lehrerzeitung

Kalevala

Die Taten von Väinämöinen, Ilmarinen und Lemminkäinen neu erzählt von Inge Ott.
Mit 30 ganzseitigen Illustrationen von Herbert Holzing.
288 Seiten, gebunden.

«Inge Ott hat auf der Basis der Frommschen Fassung eine Nacherzählung geschrieben, deren rhythmisierte, sehr bildkräftige Prosa mit eingestreuten Versen sich so nah wie möglich ans Original hält und dabei ausgesprochen fesselnd und gut lesbar geworden ist. Die kraftvollen, traumtief ins Mythische ausgreifenden Bilder von Herbert Holzing verstärken den Reiz des Buches.» *Süddeutsche Zeitung*

«Wer kennt nicht die großartigen Gestalten des Zaubersängers Väinämöinen, des gewaltigen Schmiedes Ilmarinen, der den geheimnisvollen Sampo schafft, des luziferischen Leichtfußes Lemminkäinen oder die zarte, von christlichem Geist überglänzte Maritta! Unvergeßlich sind ihre Taten und Schicksale, in denen sich die mythische Vergangenheit des finnischen Volkes spiegelt.
Herbert Holzing hat zu diesem Buch 30 ganzseitige Bilder geschaffen, die eine eigenartige Mitte zwischen dem Volkstümlichen und dem Mythisch-Magischen dieser Geschichten halten.» *Pforzheimer Zeitung*